我的眼睛一睜開

陳潔

自序

小時候，爸爸要叫我起床時，總是在我耳邊一遍遍地唸：

等你眼睛一睜開，
你就看見你的愛，
為他擔起相思債。
山貓豹子大狗熊，
野豬身上毛蓬蓬。
等你醒來一看見，
芳心可可為他戀。

他唸得一點節奏都沒有，而且沒完沒了，煩死我了。後來，媽媽告訴我，這是莎士比亞《仲夏夜之夢》裡，奧白朗的歌詞。我到現在也不知道奧白朗是個什麼樣的傻瓜。

「等你眼睛一睜開，你就看見你的愛。」哼哼，其實每天早上，我的眼睛一睜開，看見了什麼，他們誰都不知道。

——我看到了爸爸眼裡的自己，還有爸爸眼角的眼屎。我也想看清楚，爸爸眼裡的我有沒有眼屎，但沒有一次看得清楚的。

我眼睛看到的東西，他們一點也不知道，所以，我決定自己寫下來，讓他們知道。

於是有了這本《我的眼睛一睜開》。

目次 contents

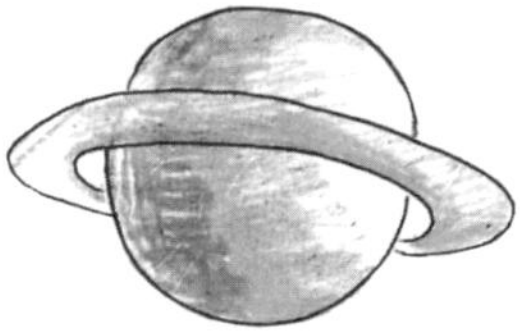

我的家

我的生活

花生米

吃自助餐時，我買了一份花生米，一粒粒夾起來吃。媽媽催著我走，我說：「花生米還沒吃完呢。」媽媽說：「行了行了，差不多就行了，我們趕時間，剩幾粒沒關係的，不算太浪費。」

可是，這不是浪費的問題。碗裡的那幾粒花生米好可憐，他們和別的花生米本來是一起的，他們又沒有做錯什麼，現在把他們幾個留在碗裡，以後還會被扔進垃圾桶，這樣對他們來說太不公平了。

所以，他們一起來的，就要讓他們一起到我肚子裡去。

髒有髒的作用

外婆每天早上起來，都會掃地、擦窗戶，她說，家裡如果髒了，就會有蟑螂。外婆又說，我的頭髮太髒了，會生蝨子的。

為什麼會這樣呢？我想不明白，難道蝨子和蟑螂天生不講衛生，就喜歡髒？這怎麼可能呢？

現在，我想明白了，我們人類說的「髒」，其實就是蝨子和蟑螂的「物質豐富」和「食物充足」，「髒地方」就是富裕、繁榮的發達地區，「乾乾淨淨」就是一無所有、貧窮落後，是誰都不愛去的地方。我們要是徹底乾淨了，那小生靈們就全部窮光蛋了。

所以說，髒有髒的用處。

刷牙

大人永遠只用一種方式刷牙：把牙膏擠在牙刷上，把牙刷放進嘴裡，門牙刷刷，磨牙刷刷，上面刷刷，下面刷刷，喝口水，咕嚕咕嚕，吐掉，好了，刷完了。每天都做一樣的事，這可真無趣。

他們一點也不嘗試別的刷牙法。比如，把牙膏擠在手指上，用手指牙刷刷牙。又比如，手拿著牙刷不動，讓腦袋搖晃，上下點點頭，側著臉點點頭，再左右搖搖頭。又比如，拿牙刷的手不動，腦袋也不動，用另一隻手操作拿牙刷的手，來回拉動——哎喲，戳到了腮幫子，好痛！

還可以在牙刷上擠些別的東西，煉奶、果醬，用這些東西刷起牙來，味道好多了。牙刷也可以用來刷別的東西，比如刷刷臉、刷刷鼻子、刷刷手背，哈呀，好癢好好玩。

只有額頭比較的不怕癢。牙刷梳梳頭，感覺也不錯，媽媽告訴過我，古時候的和尚刷牙，就叫「梳齒」，牙刷是「齒木」，所以，滿可以用牙刷刷頭髮，再用梳子梳牙齒。還可以……

媽媽已經衝進了洗手間，大叫：「秒針！你總是拖拖拉啦！刷個牙、洗個臉要半個小時嗎?!」

媽媽又錯了，我還沒開始洗臉呢。

細菌

媽媽說，我的手上有很多細菌，這可真讓人高興。我看著自己的手，看著那些看不見的朋友——我希望我們是朋友。

「喂，你們好！我們做朋友吧。」我低聲跟自己的手指打招呼，低聲是怕嚇著他們。我說話的聲音，他們聽著一定像打雷一樣響。

我說完，就把手指貼在耳朵邊，要聽他們的回答。可是，他們的回答聲音太小了，我聽不見。雖然聽不見，但我知道他們已經答應做我的朋友了，因為他們沒有理由不答應。

媽媽命令我飯前要洗手，因為如果手上沾的細菌到我身體裡，我就會生病。我可不想生病，但把我的朋友們用水沖走，沖進下水道，我是寧死都不答應的。我要他們永遠住在我的手指上，這樣才安全，他們住在別的任何人手上，都可能被沖走，或者被那種很厲害的肥皂和洗手液殺害。

我家的盥洗間裡也有洗手液，上面寫著「有效殺死細菌」。你看，這麼赤裸裸的謀殺，大人們卻當作正當的事來做！還把毒藥做得香噴噴的，裝在漂亮的瓶子裡。

我才不會碰這些毒品呢，我連手都不洗。我只在吃飯之前，跟手指上的朋友們商量，請他們不要到我的嘴裡去，我會留些飯菜在手指上，夠他們吃的了。

當然我也知道，人都有控制不住自己的時候，所以細菌們雖然答應了我，也可能不知不覺又爬到我嘴裡去了。不過我這麼聰明，自有應付的辦法。我問媽媽：「媽媽，細菌爬得快不快？」

媽媽好像聽不懂我在說什麼，她想了半天，才不確定地說：「應該不快吧……」

那我就放心了。吃飯的時候，我抓在筷子的頂部。從我的手指到筷子頭，有長長的一段路，細菌還沒爬到筷子頭，我已經吃完飯了。

但是媽媽不喜歡，說：「你怎麼抓的筷子？樣子這麼怪！難看死了！」她只准我抓在筷子的中部，還要偏下一點。

我只好放下筷子，把雙手在褲子上擦擦，讓細菌朋友們暫時搬家到我的衣服上。吃飯的時候，即使是朋友，也要離我的嘴遠一點。我想，既然是朋友，對這一點是一定可以理解的。

餐桌實驗室

在吃東西方面，我有很多發明創造。

吃完香蕉後，往裡面填滿馬鈴薯泥或花生醬，把香蕉皮重新包好。粗心的客人拿起香蕉，剝開來一咬……

咬開湯圓，裡面是一整個鵪鶉蛋……

把雞蛋磕開一個小小小小的洞，把裡面的蛋清、蛋黃都倒出來，往蛋殼裡灌上牛奶。媽媽早上煮雞蛋，煮好了，放在小杯子上，用勺子一敲，敲出一小杯牛奶……

信不信由你，火腿一片片串在筷子上，吃起來味道會特別好些……

捲上滿滿一筷子的麵條，抬高了就是水簾洞，還滴滴答答掉著麵湯。放在額頭前面，就像歷史書上秦始皇戴的那種皇帝帽子……

用粉絲把藕片穿起來，可以掛在房間上面做裝飾，爸爸從下面過，正好一滴藕片汁跳到他的鼻尖上……

還有咖啡火山，往滾燙的開水裡一點點地倒即溶咖啡，咖啡在水面上堆成小山，然後飛快地四散、崩塌，把四周的水染成褐色，就像海上的火山爆發……

麵包片應該穿在指頭上，另一隻手的指頭上淋上花生醬，咬一口左手手指，再舔一下右手指頭……

把饅頭皮整個兒剝下來，挖三個窟窿，就是媽媽用的面膜了……

總之，我總是把餐桌當成實驗室，不斷研製新的東西，但我的研究條件很不好，實驗室也很不安全，最後總是爸爸或者媽媽或者他們兩個人一起，大叫著打斷我的研究工作，而且毀掉我的成果，所以到現在我也沒能夠申請到任何專利。

衣服們

過一段時間，我就要把自己的小衣服、小褲子翻出來，一件一件地展開，放在床上，床上放不下，就放在桌子上、凳子上，最後放到地上。

媽媽很生氣，說：「我好不容易疊好的衣服，又被你攤得滿床滿地的，搞得亂七八糟。」

可是媽媽怎麼忘了，她給我買衣服的時候，總是要挑選圖案的，她說：「你看，胸前的這小熊，是不是很可愛？」於是就買了。

我的衣服上，有很多可愛的小動物，小鹿、小貓、小雞、小狗狗，還有飛鷹箭神和鎧甲戰士！他們都被曲胳膊彎腿地疊起來，關進黑暗的衣櫥裡，不是又寂寞，又不舒服嗎？他們的脖子彎著不痠嗎？腿曲著不麻嗎？

所以，我過一段時間，就要把他們都放出來，伸伸胳膊、伸伸腿，大家還能碰碰頭、聊聊天。

我不准媽媽打擾他們的聚會。

裸睡

有一天，我全身脫得光溜溜的，像魚一樣游進被窩裡。毛巾被的小線頭一口一口咬著我的皮膚，我就和小線頭玩了起來。

小線頭在我身上寫字，要我猜是什麼。我一下子就猜出來了，它寫的是：美夢。

於是，我夢到我沒有爸爸媽媽了。走出門去，天上正在下錢，很多很多的鈔票，但別人都看不見，只有我一個人撿。我揹了一書包的錢去上學，發現學校不見了，變成了遊樂場。

裸睡可以得到超級美夢。這是我的經驗。

口袋裡的魔幻世界

我從外面玩回來，衣服口袋裡滿滿地裝著一個魔幻世界。受了魔咒的國王，喜歡吃豆子的妖怪，正在學飛的樹葉，聖鬥戰士丟了的鐵血武器……每一樣都是蓋世奇珍。

可是媽媽很生氣，大叫起來說：「看你把什麼髒東西帶回家了！」她把我的世界一件件往外扔：小石子、瓶蓋、冰棒棍、槐樹籽兒、陀螺、裂了口的筆管……

媽媽生我的氣是有道理的，因為她正在寫一篇重要的文章，我帶回來的東西打擾了她。媽媽寫的文章後來發表在一個很高級的雜誌上，題目是：

〈論現代兒童缺乏想像力〉

愛的痕跡

媽媽親了爸爸一口，把口紅印在他臉上。媽媽說：「不准擦。」爸爸就一整天都不擦，晚上睡覺也不擦，第二天要去上班了，才擦掉。我說：「這樣是不衛生的。」可爸爸媽媽都說：「小孩子懂什麼，這是愛的痕跡。」

原來愛是可以留下痕跡的呀，那麼，愛就應該留下痕跡嘍？哼，誰說我不懂，他們才不懂呢。我的鞋在地板上踩了一個腳印，媽媽馬上尖叫起來，像救火一樣跑過來，用抹布拖了又拖。她就不知道，那是我的鞋底愛上了地板，在地板的臉上留下的親吻印。

還有蠟筆愛著我的衣服，湯吻過桌子，我的手也喜歡牆壁。可媽媽見了那些愛的痕跡，總是尖叫。

唉，大人們愛過來愛過去的，其實他們都不理解別人的愛，尤其是那種默默的愛。他們總是把別人的愛的痕跡，當作髒東西，好像只有他們的愛才是愛。

了不起的大本領

我學會了一個了不起的大本領，表演給媽媽看。我把雙手撐在地上，雙腳一蹬，靠在牆上。

媽媽說：「哎呀，真不錯，你會倒立了。」

「不對不對，」我著急地說，「你得像我這樣倒過來看才能看明白。」

於是媽媽也把雙手撐在地上，雙腳一蹬，靠在牆上。

我問：「看到了吧。」

媽媽問：「看到什麼了？」

唉，大人真笨。我說：「你沒看到嗎，我用兩隻手把整個地球舉起來了！」

媽媽說：「對呀對呀，你用手把地球舉起來了。但不是你一個人，是我們兩個人四隻手一起舉起來的。」

我很沮喪。我一個人舉地球的時候，媽媽看不出來，她能看明白的時候，又要分我的功勞。

所以，從那以後，我只在沒人的時候，獨自默默地舉著地球玩。

鐘錶設計

我想給全家人設計不同的鐘錶。媽媽的錶是這樣的：一個圓圓的書包，邊上站著十二個我，媽媽站在正中間，皺著眉毛，張著嘴巴，好像在罵人的樣子。她的腳是時針，兩個手臂分別是分針和秒針。她總是指著我，每到一個整點，鐘就報時，說：「5點了，你還不寫作業！」或者：「9點了，你還不睡覺！」

我的錶就是一張臉，我自己的臉，3點和9點是我的耳朵，別的鐘點都是我臉上的痣。時針是我翹起的嘴巴尖，這是一個會變形的時針，嘴巴每翹45分鐘，就變成一個伸出來的舌頭，高興地上下擺動。翹嘴巴的時候，眼睛是閉著的，還皺眉，伸舌頭的時候，眼睛就睜開，叫做「眉開眼笑」。我的錶還有特別的設計，在特別的日子裡，比如「六一」兒童節、我生日、我生病的日子，錶上面的我就整天都是吐舌頭笑的樣子。

爸爸的鐘呢，根本連時鐘刻度和時針、分針、秒針都不要，就是一個小小的電子螢幕，7點鐘就顯示一個人起床了，7點10分顯示他坐在馬桶上，7點半他在洗臉刷牙，如果顯示他坐著吃飯，就是8點整。如果顯示他開車，就是8點半，如果顯示他在開會，就是11點。如果顯示他在看文件，就是下午3點，如果顯示看電視，就是晚上9點。

爸爸問我：「到底是我每天什麼時候做什麼事，你就設計我的錶顯示什麼，還是我的錶顯示做什麼，我就要照著做？」我被爸爸問暈了，因為他說的兩種情況好像是一樣的，反正，真正的爸爸和錶上面的爸爸在做一樣的事。

可惜，爸爸媽媽都不喜歡我的設計方案，他們還說，要想成為真正好的設計師，就應該好好寫作業，9點鐘準時睡覺。

新曆法

我聽說了奧古斯都的故事，覺得真不錯。他叫屋大維，是凱撒的養子。他做了羅馬帝國的國王後，用自己的稱號命名他出生的那個月，還讓那個月多一天，就成了六月小、七月大、奧古斯都月大、九月小……

如果我長大做了國王，也要這麼做。我還要照顧全家人，所以我的秒針王國的月曆牌，就是這樣的：媽媽月大，二月小，三月小，四月小，秒針月大，外公月大，爸爸月大，外婆月大，九月小，十月小，十一月小，十二月小。

以後我喜歡誰，再把他的名字加上去，比如，九月小，十月小，花花月大。如果有兩個人的生日在同一個月，就需要再改改，比如，爸爸月大，外婆毛毛月大大，九月小小，十月小。或者，爸爸月大，外婆毛毛豆豆月大大大，九月小小小，十月小。

這樣的曆法，看起來真不錯。只是有些細節問題，我還要認真考慮一下。我喜歡的人，月份要加一天，那我討厭的人，月份是不是減一天呢？比如修改成：二月小，趙勾勾月小小，陳哲月小小小小……可是，如果我討厭的人和喜歡的人在同一個月出生，可怎麼辦才好？爸爸月本來是大月，但是因為喬老怪，所以變成了小月？這樣解釋起來好像很囉嗦，而且月曆上可能說不清楚，為什麼要因為喬老怪減去一天，要加一大堆說明。

還有一個問題。有時候，好朋友會變成仇人，有時候，鬧了矛盾又可以和好，那日曆豈不是變來變去，每一年都不一樣？

這些問題，到底該怎麼辦呢？我還需要更成熟的思考。要知道，制定曆法可不是那麼簡單的事情。

媽媽的名字

我生下來就叫她媽媽，我喜歡「媽媽」這個詞，因為全世界的人都知道這個詞，但全世界，從古到今，只有我一個人叫她「媽媽」，她也只在我叫「媽媽」這個詞的時候才會答應。這很有趣，全世界都通用的詞，卻又只屬於我和她，就像一個公開的密室，玻璃房子，門開在大街上，卻只有我有鑰匙，能走進那透明的密室裡去。

茵姐姐告訴我，那些相愛的人說「我愛你」時，也是這個感覺。所以，他們總是要自己說出、自己寫下這三個字，送給對方，而不是在大街上的商店裡，買印著這三個字的印刷品。因為印出來的「你」和「我」，只是兩個字，空洞洞的沒有內容。自己說的和寫的字不同，「你」和「我」都有了手指，指著兩個活生生的人，把他們從所有的人中間挑了出來，和別的所有人分開。

可是，突然有一天，媽媽告訴我，她有名字，陳潔。她把自己的名字寫在紙上，教我認，要我記住。這讓我很不高興，每個人叫她的時候都說「陳潔」，我也這樣做，我和別人就沒區別了。我不是她獨一無二的兒子嗎？

「為什麼我要記住你的名字呢？」我問她。

她說，如果我丟了，可以告訴別人媽媽的名字和單位，就能找到家了。

我更不高興了。真是搞不懂，好端端的，為什麼要把「別人」加到我和媽媽中間來。「媽媽」不是我和她之間唯一的通道嗎，一個共同的祕密，只有我倆知道的暗號。現在，暗號不用了，要用一個大家都用的符號。

媽媽有一個公開的名字，她要我記住這個名字。她不是我一個人的「媽媽」，她還是別人的「陳潔」。

我很不開心。我喜歡一輩子叫她媽媽，不用說「陳潔」。

女媧的故事

媽媽給我講女媧造人的故事，女媧用泥巴捏了一個人，對著它的嘴巴吹口氣，泥人就活了。我很喜歡「對著嘴巴吹口氣」這個情節，就像老師教的人工呼吸。女媧這樣造了好多人，累了。她就偷工減料，用柳條往泥坑裡一抽，濺起來的泥點都變成了人。捏的人高貴些，泥濺的人就普通些。

我很同情女媧，要我天天做泥工，我也會煩死的。但我覺得女媧做得不對，有的捏出來，有的濺出來，這樣不公平。

我說：「這個故事不好。女媧不是神嗎，她那麼厲害，為什麼不換個好點兒的辦法呢？」

媽媽問我：「那你倒說說，換什麼樣的辦法？」

我說，最簡單的是做個模型呀，中間是空的，填進泥土，兩邊一合上，再拍出來，就是一個人了。更好一點的，是造個機器。往這一邊的大桶裡頭鏟滿土，通上電，轟隆隆，機器那一邊就可以不斷地運送成品人出來了。如果這樣生產的人太像了，分辨不出來，還可以編上號，一（1）號，就是第一桶泥巴做的第一個，三（5）號，就是第三桶第5個。我們學校的班級，就是這麼編號的。四（2）班。

最好呢，也別用泥巴做原料了，泥巴又髒又老土，一點也不時尚，應該用一些高級材料，比如石油、塑膠、螢光棒、奈米材料、高分子什麼什麼的。原料種類多一些，還可以調整配方，按照不同的比例，做不同的人。比如，鋼鐵放多一點的人，身體好，讓他們去打仗，螢光粉多一點的人，身體發亮，讓他們唱歌跳舞演小品。

我興致勃勃地說個沒完，媽媽瞪大了眼睛，聽我說了半天，好像肚子痛那樣地哼哼，說：「好可怕啊……」

我不知道媽媽在說什麼。

爸爸樹和爸爸超市

也許世界上的某一個地方，長著一棵爸爸樹。樹上結的果子，就是不同的爸爸。柔軟的爸爸、堅硬的爸爸、甜爸爸、辣爸爸、酸爸爸、苦爸爸、紅色的爸爸、黑色的爸爸、帶果殼的爸爸、長果核的爸爸、圓形的爸爸、正方形的爸爸、液體的爸爸、固體的爸爸、聞著就讓人打呵欠或者打噴嚏的爸爸……

我頂不喜歡榴槤那樣的爸爸，果肉雖然有營養，但是臭極了，而且很不容易打開，不小心還會扎破手。榛果也不好，好麻煩才能撬開殼，裡面的核還可能壞了，而且一袋榛果裡面，總有那麼幾個，是無論如何也沒法打開的，你都不知道裡面的核是什麼樣子的。就算能吃，也浪費了。

我喜歡的是草莓爸爸、蓮霧爸爸、小番茄爸爸、櫻桃爸爸，香蕉爸爸和芒果爸爸也不錯，但石榴爸爸有點太囉嗦麻煩了。

長大後，我要當園林大王，專門種植爸爸樹，果子都可以免費品嚐，小孩子根據自己的口味，選自己最喜歡的那種爸爸果子吃。哪種果子的需求量大，我就加倍培植那種果樹。

到了春天植樹節，我就到各個學校和幼稚園去打廣告，向小朋友介紹不同的產品，讓他們買自己喜歡的樹苗，種在院子裡，澆澆水，注意要防蟲。到了秋天，就可以收穫自己滿意的爸爸了。

最好呢，我還能把生意做大，開超大型的連鎖超市，要遍佈全球，專門賣各種不同型號和性能的爸爸，供全世界的小孩子挑選。爸爸超市貨色齊全、服務周到，送貨上門，如果買回來用得不好，還可以退貨和換貨。

還有最重要的一點：小孩子存一點零用錢可不容易了，還需要買更重要的玩具，這一點我是最清楚不過的。所以，我當了大老闆後規定，凡是18歲成年以前的小孩子買爸爸，可以用笑臉支付，暫時缺少或者沒有笑臉的，還可以分期付款和貸款。我相信他們使用了我賣的優質爸爸後，就一定會有多多的笑臉了。

媽媽不在家

媽媽要下樓去取報紙，讓我一個人在家待著。可是她一下樓，就會遇到張婆婆、李奶奶，跟她們說上半天的話。

媽媽走了，家裡就空空的，好可怕。我縮在沙發上，用靠枕把自己埋起來。媽媽終於回來了，問我一個人在家怕不怕，我把一大座靠枕山都掀翻了，用力地搖頭。我才不讓她看出來呢，免得她說我是膽小鬼。

不過說真的，媽媽還是挺厲害的，她不在的時候，四周只有幾間空房子，她一來，就能把房子變成家。這算一種魔法嗎？

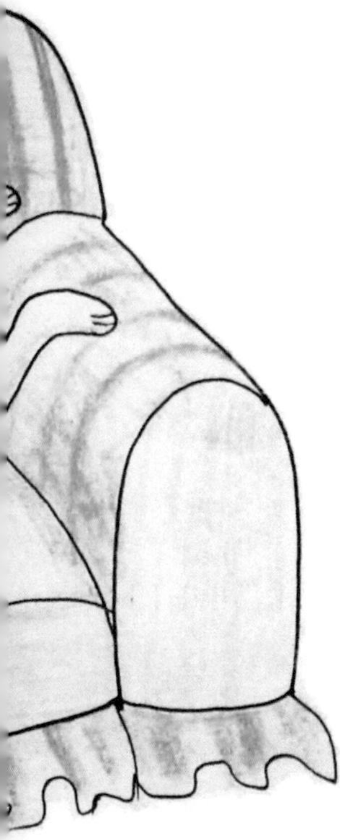

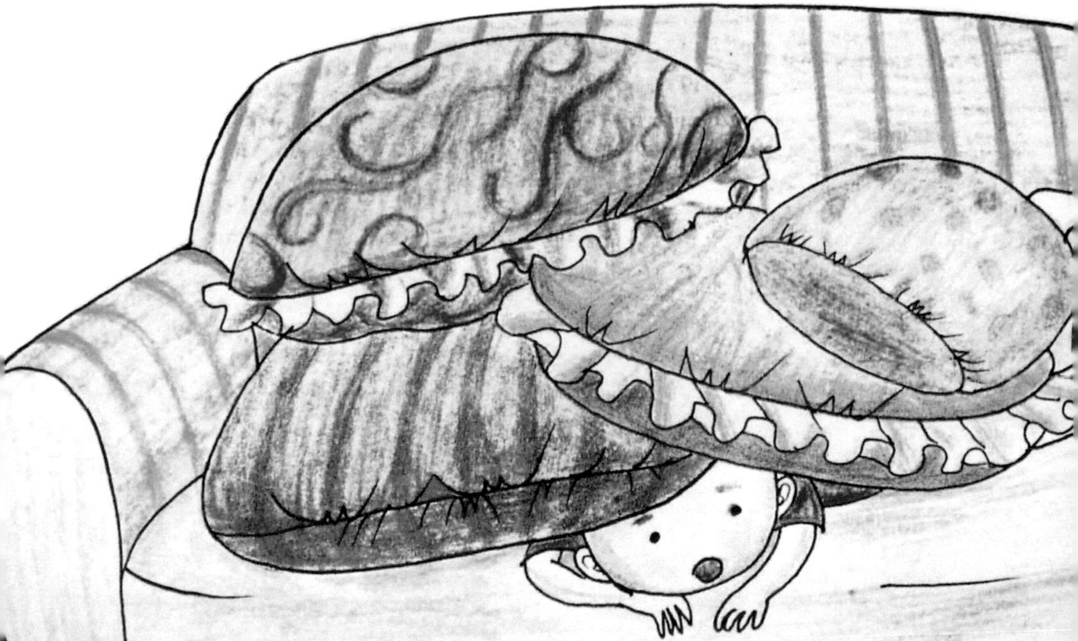

擔憂

媽媽去醫院，查出來得了甲狀腺亢進，不能吃海鮮和海帶，不只是海鮮和海帶，她什麼海產品都不能吃。

如果鯊魚得了甲狀腺亢進可怎麼辦？我想到這個問題，很擔憂。希望他們生點別的病就算了，千萬不要得甲狀腺亢進。

閉上眼睛

我站在鏡子前做鬼臉，看自己不同的樣子，我生氣，我高興，我傷心，我委屈，我害怕，我後悔，我無聊，我穿著衣服，我光著身子……

能看的都看完了之後，我想看到自己閉著眼睛的樣子。

我閉上眼，然後偷偷地睜開一條縫。我看到了自己眼睛偷偷睜開一條縫的樣子。我趕緊把眼睛閉好，但這樣一來，我就什麼都看不見了。

當然，我有別的辦法，比如，用照相機拍下自己閉眼的照片，在電腦上看，如果不錯，還可以洗出來保存、收藏。

可是，我想「真正」看到自己閉著眼睛的樣子。不是事後，也不是間接。

如果我還有另外一隻眼睛就好了，比如長在手心裡。我就可以把巴掌樹在眼前，讓掌心的眼睛看自己閉著眼睛的樣子了。還能讓臉上的眼睛看掌心的眼睛閉著的樣子。這樣很好。

不過，問題可沒那麼簡單。這樣一來，我肯定又忍不住想看到三隻眼睛都閉著時的樣子，所以我還需要第四隻眼睛。可是，如果我有了四隻眼睛，我一定也想看到四隻眼睛都閉著時的樣子，這樣我就需要第五隻眼睛……總之，問題就會這樣，沒完沒了地進行下去。

最後，我也沒有「真正」看到自己閉著眼睛的樣子。

飛

我喜歡「飛」這個字，它寫出來歪歪的，好像要跌倒一樣，卻總是不倒。再仔細看著，才知道，原來它正在飛，所以總是一副要跌倒了、又穩穩當當的樣子，撲搧著後面的兩個翅膀。

我喜歡飛，高高地飛翔。可是我沒翅膀，跳得再高也會摔下來。

為此我很難過。

不過後來，我發現飛有很多種方式，不是必須要有羽毛。穿上輪滑就可以在平地上飛，穿上泳衣可以在水裡飛，爸爸的車可以在高速公路上飛，媽媽的筆尖在畫布上飛，我的心在夢裡飛。還有，我向媽媽發誓，炸雞腿和薯條在我的喉管和食道裡飛速滑翔，還興奮得尖叫呢。我絕不貪吃，我只是想讓更多的炸雞和薯條，還有冰淇淋，能快樂地飛翔，讓它們感覺幸福。為什麼媽媽就是不能理解和愛它們呢？

我的生日：給自己的信

過生日的時候，媽媽送給我一個數碼暴龍機。噢，NO！這是我能想到的最傻的生日禮物，我們班的同學早就不玩數碼暴龍機了。

媽媽很沮喪，也很委屈。她說，這明明是我自己要的東西。去年生日的時候，我很不喜歡她送的閃電精靈卡禮物，吹完蠟燭後，我許的心願是「明年生日時得到一個數碼暴龍機」。

我不能相信僅僅一年以前，自己曾經那麼愚蠢。可是媽媽發誓說，她說的每個字都是真的。於是，作為證據，我決定給明年的自己寫封信。我是這樣寫的：

秒針：你好。我是秒針，就是你自己。

我寫到這裡，停筆想來想，又給鋼筆灌滿墨，再接著寫：

我給你寫信，是想要證明一下，我今天是這個樣子的。我有點擔心，你接到這封信的時候，已經不認識我了。因為今天媽媽跟我說到我去年過生日時的事情，我覺得那是一個很古怪很幼稚的傢伙才會幹的蠢事，應該跟我沒關係。但媽媽一口咬定說那個人真的是我——曾經的我。所以我擔心到明年，同樣的情況又會發生。

因為變化實在是太大了，所以現在，我要告訴你關於我的一切。免得你到時候不承認我的存在，就像我現在對去年的我一樣。

我叫秒針，是個男的，喜歡薯片和巧克力，喜歡看漫畫書，討厭吃洋蔥，希望這些都不要變。我現在有1米3高，40斤重，我的眼角摔傷了，剛剛長好，還有一道紅色的疤，我的頭髮平均大約3釐米長（我量了好幾根頭髮，有的是在頭皮上量的，有的是拔下來量的，差不多都是這麼長），我的心願是得到一個磁靈鬥士機，為此我願意用兩隻手的小拇指來換——反正小拇指也沒什麼用。

還有，我有一點點——我發誓，真的只是一點點——喜歡我們隔壁班的林喬安，但是她年紀比我大，我們以後是不可能結婚的。這個你可以給我作證。

對了，最重要的是，老天保佑我明年的生日禮物是PSP，而不是愚蠢的數碼暴龍機。

我把寫好的信折起來，裝進信封。在信封上寫：

明年的秒針收

今年的秒針寄

我用小鑰匙打開鐵皮的私人百寶箱，準備把信鎖進去，結果發現裡面已經有一封信了，上面趴著兩行超極難看的鉛筆字：

明年的秒針收
今年的秒針寄

我簡直不敢相信自己的眼睛。撕開信封，我看到一行白紙鉛字，裡面還有一個錯別字：

老天保右我明年的生日禮物是數碼暴龍機，而不是愚蠢的閃電精靈卡。

現在，我剛寫完的信，還要不要寄放在百寶箱裡，我有點猶豫了……

媽媽的生日

媽媽要過生日了，我準備了一份最特別的禮物。我要把自己的手送給她。因為我總是聽到媽媽抱怨忙不過來，說她手忙腳亂的。如果她正在把各個房間的衣服撿起來扔進洗衣機，而爸爸問她襪子在哪裡，她就會發脾氣，說：「沒看到我在忙嗎？我又不是千手觀音，我又不是章魚，我又不是孫悟空，拔根汗毛能變成好多個我！」

我聽出來了，媽媽生氣的根本原因，在於她的手太少了，所以我決定把自己的兩隻手都送給她。

從此，我的手就不屬於我自己了，它們只聽媽媽的指揮。但我的手不知道媽媽心裡想的是什麼，只能聽媽媽說的話。

媽媽說：「秒針，去拿個杯子出來。」我的手就去拿杯子。

媽媽說：「秒針，把掉在地上的花生殼撿起來。」我的手就去撿花生殼。

就這樣，我的手大大地幫了媽媽的忙。但也總有別的情況出現，比如有時候，媽媽說：「秒針，吃飯的時候把碗端起來，不要趴著吃！」我的左手卻一動也不動。媽媽有意見了，說：「那雙手不是我的嗎？為什麼不聽話！」

我也不知道為什麼呀，想了想，想明白了，我只把自己的雙手作為禮物送給了媽媽，並沒有送胳膊。如果胳膊和手腕、手掌不配合，手指根本都摸不到碗邊，所以沒法照辦。

於是，媽媽要求我把胳膊連同手一起送給她。我不想給，但媽媽問：「如果一個人給你的生日禮物是遙控汽車，卻光有車沒有遙控器，這樣可以嗎？」我覺得媽媽說得有道理，只好把兩隻胳膊也送掉了，雖然有點捨不得。

不過，我還有別的辦法呀。並不是媽媽說的所有事，我的手都要做的。我可以說，我送的生日禮物只是手和胳膊，並不包括耳朵。現在，我的耳朵不願意聽見媽媽說的話；就算聽到了，也不願意把這個資訊傳送到大腦；就算傳送了，大腦也不願意接受；

就算接受了，也不願意轉發命令……總之，雙手沒有接收到媽媽的指令，不知道要做什麼事情，它們只是沒事兒地垂著，晃呀晃地晃。

情況就是這樣的，雖然我的雙手和胳膊都給了媽媽，但媽媽使用起來，還是要受我的影響。這種感覺真不錯，就好像你把自己最喜歡的小狗作為最珍貴的禮物送給了別人，但小狗還是跑回家來，你什麼也沒缺少和損失。

還有時候，會出現別的問題。比如，我想吃蘋果了，就大聲叫：「媽媽，我想吃個蘋果。」媽媽很生氣，說：「吃蘋果不會自己拿嗎？」

我說：「我沒有手，沒法拿呀，我的手已經給你了。」

媽媽說：「那我把那雙手暫時借給你用吧。」

以後每次我要做什麼，都要找媽媽借手用，媽媽嫌麻煩，說，那雙手一般情況下就寄存在我那裡了，我可以隨便用，除非媽媽要拿去用的時候再說。

這樣一來，我又有了兩隻手。爸爸說，我擁有這兩隻手的使用權，但沒有所有權。外婆說，我是丫鬟掛鑰匙——管家不當家。不管怎麼說，我覺得這樣很好。下一次媽媽過生日，我決定還這麼做，把自己的雙腳送給她。

但是媽媽除了生日，還有婦女節、母親節，都要收禮物的。所以，最後我決定，每次送她一個腳趾頭，趾頭送完了再送腳踝、小腿和膝蓋，這樣可以對付更長的時間。

愛的問題

我常常想問問媽媽，如果我的成績總是不好，你還會愛我嗎？
如果我生病了，永遠躺在床上，你還會愛我嗎？
如果我每天都把湯撒在新衣服上，總是把玩具扔滿房間，你還會愛我嗎？
如果我永遠都不能表現得像一班的大隊長林喬安那麼好，你還會愛我嗎？
如果每次開家長會，老師都會批評我，你還會愛我嗎？
如果我長大了，變成一個沒成就的人，沒本事的人，平平常常沒出息的人，媽媽，你還會愛我嗎？
我常常想問問媽媽，你對我的愛，要不要用什麼東西來交換？比如成績、乾淨整潔、老師的表揚，還有，有出息。

我還想告訴媽媽，即使她常常對我大吼大叫，還動手打我，即使她嫌我分數太低，即使她總是怪我不能表現得像林喬安那麼好，即使她總是限制我不准這不准那，即使她總是讓我不開心……我還是愛她，因為她是我的媽媽。

我對我自己的愛，一點問題都沒有，但是對於媽媽的愛，我還是有一點點疑問的。

我常常想問問媽媽，可我不敢問。我怕媽媽會為難。

但是，終於有一天，我還是問了媽媽這些問題。

媽媽呆住了，她抱著我，說：「當然，當然，媽媽永遠都愛你，愛就是愛，不要用任何東西來換。」我相信媽媽的話，我放心了。

然後，媽媽站起來，堅定地說：「等等，我也有些問題，要去問問你爸爸。」

原來，對於愛，每個人都有些問題沒有問。

恐怖電影

看完了《吸血鬼》再睡覺，真是太可怕了。我非要把整個腦袋都蒙在被子裡，才覺得不會被吸血鬼發現，我可不想被殺死。可是媽媽一點都不考慮吸血鬼的問題，只是說，被窩裡的空氣不好，蒙頭睡覺不利於健康。

如果我的鼻子能夠摘下來就好了，我可以把頭和整個身子都埋在安全的被窩裡，只要把鼻子留在外面呼吸新鮮空氣就ok了。如果媽媽實在逼我把腦袋放在被子外面，我至少還可以把眼睛和耳朵取下來，藏進被子裡，看不見也聽不到外面的恐怖，我會感覺安全些。

最好呢，我是一個機器人，可以整個兒拆卸下來，嚴嚴實實地放進包裝盒裡。等天亮吸血鬼不敢出來時，再把我組裝起來用。可是媽媽笑起來，說：「你要是機器人，就

是鋼鐵和塑膠做的，沒有血，怕什麼吸血鬼呀！」

對呀，這個問題我還真沒想到。但是，反正，吸血鬼是很恐怖的。

同義詞和反義詞

我們開始學同義詞和反義詞了。上課的時候，老師要我們做一個遊戲，每個人說一個詞，後面的同學要說出它的反義詞或近義詞，再另外說一個詞考後面的人。

大家說的一點意思都沒有，「快」的反義詞是「慢」，大對小，高對矮，胖對瘦，長對短，勤奮、勤勞和懶惰，美麗、漂亮和醜陋，舒服、舒適和難受，涼爽、涼快和炎熱。全是這些，真沒勁！

輪到我了，我問：「冰箱的反義詞是什麼？」坐在我後面的李旭陽抓抓頭髮，生氣了，說：「老師，秒針出的題目不對。」教語文的魏老師還幫著他說話，說：「秒針，你另外說個正確的詞。」

我不服氣，我說的為什麼不對了？

老師說：「電冰箱是名詞，沒有反義詞。」

誰說的？「電冰箱」的反義詞是「熱水瓶」。一個是用來保持冷的，一個可以保持熱，它們不是反義詞是什麼？但我不敢跟老師爭論，只好另外出題目。我問：「頭髮的同義詞是什麼？」

李旭陽又答不出來。真笨，這都不知道！「頭髮」的同義詞當然是「指甲」啦，因為它們都長在人的身上，又都要定期剪掉一點兒。頭髮的反義詞呢，就是「手」呀「腳」呀「鼻子」、「耳朵」什麼的，因為這些東西長在人身上，不會隨便亂長大和長長，也不能隨便砍掉削掉。

我再問：「爸爸的同義詞和反義詞分別是什麼？」

終於有個會的了，李旭陽很高興，她想了想，大聲說：「爸爸的同義詞是父親，反義詞是媽媽。」

錯！「爸爸」的同義詞才是「媽媽」，還有「魏老師」，因為他們都兇惡、堅硬、容易爆炸。爸爸的反義詞是一年級教語文的「熊老師」，或者班主任「苗老師」，或者

「外公」，或者「外婆」，因為他們都好脾氣，軟綿綿、熱呼呼的，還都是啞炮，點不著火的那種。

不過，也許李旭陽的情況不同，也許她有一個兇狠爸爸和一個溫柔媽媽，或者一個溫柔爸爸和兇狠媽媽，那麼對李旭陽來說，「爸爸」和「媽媽」就確實是反義詞了。

可魏老師批評了我，他說，名詞是沒有同義詞和反義詞的。怎麼沒有了？連名字都有。那些結婚的人，名字和名字就是近義詞，等到離婚的時候，他們的名字就變成反義詞了。看起來，關於同義詞和反義詞，我知道的比老師還多！

不過，還有好多詞我就是搞不明白，比如，為什麼「開懷」的反義詞不是「關懷」，「開心」的反義詞也不是「關心」，有「快樂」卻沒有「慢樂」？

不對的字詞

上語文課的時候，我發現好多詞都很奇怪。比如，「新房子」是房子自己新，「新房」卻是人讓房子新。「傷心」是心被傷害了，「傷風」卻是被風傷害了。「迷人」是把別人迷住了，「迷藥」是能迷住別人的藥，「迷路」卻是被路迷住了，「迷你」又是「很小」的意思。這樣「迷」來「迷」去，我就被弄迷糊了。我最怕「迷路」這個詞，因為我迷過一次路。迷路是一件很奇怪的事情，好像世界在跟我開玩笑，以前熟悉的房子和東西都躲起來了，在跟我玩捉迷藏。

「馬車」是馬拉的車，「馬路」卻不是馬走的路，馬會願意和老虎在一起嗎？他們在一起，「馬虎」，就一定不認真嗎？有什麼科學道理嗎？沒有怎麼能亂說呢？馬和虎會委屈的。

糟和糕怎麼會「糟糕」呢？酒糟是什麼東西我不知道，可是蛋糕、棗糕、糕點，明明都是很好吃的呀！如果硬要表示糟糕，應該說「豆腐蛋」，因為豆腐和白水煮雞蛋才是世界上最難吃的東西，我最討厭了。我要這麼說話：「哎呀，真豆腐蛋，我把遊戲卡丟了。」或者：「媽媽剛燙了頭髮，看起來豆腐蛋透了。」

另外，現在時代在進步，有很多詞都應該改改了，要不，我們的語言就太落伍了。你想想吧，以前的人騎馬比走路快，可現在呢？有了火車、汽車和飛機，馬就不算什麼了，所以，「馬上」就應該改成「車上」或「飛機上」。媽媽叫我吃飯，我應該回答：「我車上就來！」現在都什麼時代了，誰還騎馬呢？騎馬多慢呀，「馬上」根本就是慢吞吞的意思。所以，我們週末去遊樂場玩，我和爸爸都收拾好了，媽媽還在把幾件衣服換過來換過去的，沒完沒了，我就說：「拜託！老媽你別那麼馬上好不好，我們飛機上就走不行嗎？」

又比如，放學回家後，外婆批評我把衣服弄髒了，我說：「陳嘉的衣服更髒。土坡太陡了，光靠腳不行，我還需要兩隻手幫忙，而陳嘉呢，是用肚皮爬上去的。」婆婆就說：「哼，你們倆呀，半斤八兩！」就是差不多一樣髒的意思。

可是半斤明明比八兩輕呀，這樣說不準確。外婆的小時候，一斤分成十六兩，所以半斤等於八兩，現在可不是這樣了。有時候，媽媽嫌婆婆太嘮叨，我就說：「媽，你跟外婆嘮叨的功力，完全是半斤五兩嘛！」

校園裡的女孩子

我知道，不同的人有不同的形狀，有圓的、方的、橢圓的、長方的，比如媽媽，就是圓形帶刺的，像仙人球。爸爸呢，是正方的，有十二條刀片一樣的棱。外婆是橢圓形的，像布做的橄欖球。

我們學校裡的女生都是有形狀的，可男生就沒有。女生站著是豎的，坐著是方的，走路是平行移動的。女生的衣服也有形狀，衣角是方的，袖口是圓的，衣襟是直的，衣領是斜直的。總之，女生用直尺和圓規就能畫出來。

男生就不同了，男生站著是彎的，坐著是一團，走著是流淌的、滾動的、奔騰的、纏繞的。男生身上的線條，都是被搓揉過的，沒一條是直線，也沒有規範的曲線，數學課的繪圖工具是畫不出來男生來的，只能用手繪。

學校呢，都是有形狀的，方方的教室，圓圓的操場，長長的旗杆。老師也是有形狀的，手伸得直直的，眼睛睜得圓圓的，嘴巴抿成一條線。所以，學校的老師都喜歡女生，事情就是這樣，有形狀的喜歡有形狀的。

我希望世界上有一所皺巴巴的學校，裡面的老師是皺巴巴的，校長是皺巴巴的，教室也是歪歪斜斜的，這樣的學校，會比較喜歡男孩子一點。

醒和睡

每天早上，我都是一點點地醒來的。

爸爸把我的身子叫醒，毛巾沾了水，能把臉叫醒，牙刷把嘴巴叫醒，媽媽做的早飯把肚子叫醒，火車外面飛來飛去的晨光，把我的腦子叫醒，到學校見了同學，我全身每一個細胞都徹底清醒了。

可是老師來了，把課本裡夾著的瞌睡蟲全部放了出來，讓一切都睡著了。

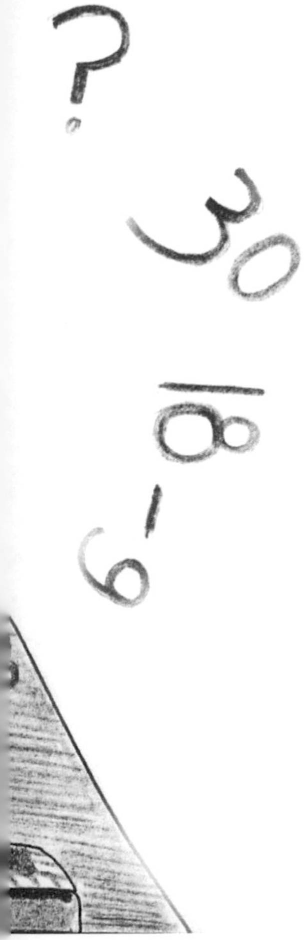

45
89
3

聲音

世界上每個人的聲音都是不一樣的，就像人們的臉長得不同一樣。

袁老師特嘮叨，她一個人的聲音就像一整個蜂窩，嗡嗡嗡，嗡嗡嗡，能把人說暈了。她一說話，我就想睡覺，可是又睡不著，不敢睡，因為怕被蜜蜂螫了。袁老師還動不動就批評人，有一次，我的作業沒做好，她把我叫了站起來，批評的聲音像一把鐵錘，砸在我頭上，一下一下地，把我砸進土裡面去了。下課的時候，同學們費了好大的勁，才把我從地底下拔出來。

熊老師就不同，她的聲音像浴缸裡的水，暖洋洋的，在皮膚上蹭啊蹭，癢癢的，好舒服。我們喜歡泡在熊老師的聲音裡，把身上的髒都泡掉了。

洗臉

鏡子裡，我有兩隻眼睛、一個鼻子、兩個耳朵和一張嘴，他們是鄰居，從小到大都住在一起。我很擔心他們不能成為好朋友。因為，他們如果鬧矛盾，我可就慘了。

可是我每次洗臉之後，又要刷牙。刷牙，就是單獨給嘴巴特別關照呀。這會讓別人嫉妒的呀。於是，眼睛不喜歡嘴巴、牙齒和舌頭，看到手裡拿的是個爛蘋果，也不通報，或者還串通了鼻子，故意放過爛蘋果的臭味。舌頭一點防備都沒有，一口咬下去……哇呀噻，呸呸呸呸呸！

嘴巴被欺負了，決定報復。眼睛一直在看電視、用電腦，工作的時間太長了，他想要求休息一會兒，加點油——不是真正的油，是眼藥水。可嘴就是不開口提要求，眼睛就只好繼續加班。

耳朵見嘴巴被欺負了，見義勇為，也幫著要教訓一下眼睛。所以，他明明聽到了

「小心、小心！躲開點！」的聲音，也不報告眼睛，結果眼睛沒看到，我就會被自行車撞倒，這可是車禍！可疼了！

可是眼睛也有死黨，就是鼻子。鼻子要害嘴巴是很容易的呀，他嗅到燒糊的氣味也不通報，媽媽很生氣：「粥都糊了，你怎麼不說一聲？啞巴了？」有時，鼻子又故意發佈假消息，引得嘴巴大叫：「有怪味！有怪味！煤氣洩漏了！」害得我又挨媽媽的批評：「洩漏你個頭呀，整天大驚小怪的！閉嘴！」

嘴巴也不是好欺負的，他為了報仇，一直大聲大聲地唱歌，唱得難聽極了，耳朵實在受不了，只好說：「求求你別唱了，我快要被你唱成胃穿孔了。」可嘴巴還是尖叫，就是要害耳膜破個洞……

一想到我的眼睛、耳朵、鼻子、嘴打起群架來，我的臉成了悲慘世界，我就感覺很害怕。所以，每次刷牙的時候，我就安慰眼睛耳朵和鼻子：「我可不是偏愛他哦，我一會兒好好給你們洗澡。」每次洗臉刷牙，我都這樣把眼睛、耳朵、鼻子、嘴輪流安撫一下。還好，他們至今還沒有打起來，我也一直都很安全。

點心

外婆做的點心，才是真正的點心。一枚小丸子放在嘴裡，咬開一個口，小丸子裡面就伸出來一隻嫩嫩的小指頭，甜絲絲、香噴噴、麻酥酥地，從我的舌頭上往下繞，一下子就「點」到了我的「心」尖上。

可是媽媽買的點心就不同些，它們也很好吃，可是那些小指頭好像沒那麼大的力氣，要麼只能點一點我的舌頭，要麼點一點我的喉嚨，還有的會點一點我的肚子，就是點不到我的心。所以，它們應該叫「點舌」、「點喉」、「點胃」。

只要外婆在家裡做的，才是「點心」。

假期第一天

今天是放暑假的第一天，終於可以輕鬆一下了。我好開心，願意大家都能分享我的假期。

杯子整天站著，現在可以躺會兒了，爸爸的書一直筆直地排著隊，好像體育老師喊了「立正！」也該「稍息」一下了。被子整天在床上工作，從來沒有旅遊過。對他來說，也許去餐廳一趟，就是一次很刺激的冒險。還有馬桶刷，是家裡最受委屈的，不僅幹最髒最累的活兒，而且休息的時候也趴在洗手間角落裡聞臭味，我覺得他應該出去度假，呼吸新鮮空氣。

本來一切都很美好，可是媽媽下班一回家，就大叫起來：秒針！第一天你就把家裡搞得這麼亂！

可是媽媽，這是假期呀。

藏寶迷宮

我們家就像一個巨大的藏寶迷宮，我總能在不可思議的地方發現一些不可思議的東西。比如，我曾經在眼鏡盒裡找到襪子，在飯盒裡找到削鉛筆刀，在鞋櫃裡找到電視機的遙控器，在衣櫃裡找到開瓶器，在花盆裡找到學生證。最近一次，我在冰箱裡發現了失

蹤很久的手機。手機暖和了以後，有三個未接來電。

每次在神奇的地方發現匪夷所思的東西，總能給我巨大的驚喜。可是，媽媽一點也不喜歡這種家庭探祕，她總是抓著自己的頭髮大叫：老天啊，秒針！把所有的東西都放回原處去！

媽媽怎麼就沒發現，就在這一抓一叫中，她的頭髮已經離開它們原來的位置了。

耳朵逃跑了

媽媽總是生氣地說：「我都跟你說過多少遍了，你就是不聽！耳朵都跑哪兒去了？」

呀，原來連媽媽也知道我的耳朵逃跑了呀。耳朵實在太累了嘛，所以它要去休假，要麼乾脆就離家出走。語文老師、數學老師、英語老師、教導員老師、校長、班長、組長、媽媽、爸爸、外婆、外公……哎呀，每天都有那麼多的話要灌進來，我的耳朵眼又那麼小，當然就堵車啦，又沒有紅綠燈，又沒有交警，那些話就全都堵死了，交通癱瘓。所以，媽媽說的話，就一個字兒都沒辦法往前走了。

我常常會在路上撿到不同種類的走失的耳朵，他們都嫌工作太累，不願意跟著他們的主人，就擅自逃跑了。我很同情這些耳朵，可我沒法收留它們，也不能幫它們。而且，我也很同情它們的主人，因為我在圖畫書上看到過沒有耳朵的人，腦袋光溜溜的，別提多難看了。我希望我的耳朵休假以後會按時回來，不要拋棄我。

夢

1. 夢

世界上其實有兩個我，一個在媽媽身邊，一個在夢裡。媽媽身邊的我有時聽話有時淘氣，會挨罵挨打，作業總是很爛，衣服髒髒的，常在地上滾。夢裡的那個我就不同了，總是很神氣，完全不用寫作業，可以不穿衣服，穿了衣服也不會髒，髒了也不會挨罵。如果願意，我還可以變出一雙翅膀來，在天上飛來飛去，腳上長著爪子，有蜂鳥一樣長長的嘴，可以用來梳羽毛。

有時候我忘了自己是在夢裡，聽到媽媽的怒吼聲，還會嚇得發抖。其實這時候的我，根本不用怕任何人，要是不高興，拍拍翅膀飛走就行了。

又有時候，我忘了自己現在是媽媽身邊的我，不是夢裡的我。我還像夢裡的我一樣用嘴梳理羽毛，媽媽見了就大叫：「不准用衣袖擦嘴！」

其實我不是在用衣袖擦嘴。只是兩個我白天黑夜地變來換去，把我弄糊塗了。

2. 又是夢

我坐在沙發上，一邊看電視，一邊剝開一根棒棒糖，準備放進嘴裡，這時，我感到有點不放心，就扭頭問身邊的媽媽：「我是不是在做夢？」

媽媽說我問得很奇怪，其實，我這麼問是有充分理由的。就在昨天晚上，我也像現在這樣，坐在沙發上，一邊看動畫片，一邊吃巧克力。巧克力做成樹葉的形狀，用亮閃閃的漂亮紙包著，又香又好看。可我剛打開巧克力包裝，就聽到媽媽大叫：「起床了！」然後我就發現，自己不是坐在沙發上，而是躺在床上，手裡抓的也不是巧克力，而是睡衣的衣角。

所以現在，我拿著棒棒糖的時候，就很擔心半空中突然爆出一個響聲：「醒一醒！起床了。」然後，我身邊的一切，爸爸媽媽、電視機、沙發、棒棒糖和房子，就全都沒有了，我出現在另外一個陌生的房子裡，面對另外一個怒氣沖沖叫我起床上學的媽媽。

這麼嚴重的事情，媽媽卻一點都不恐懼，還說，我擔心的事情，一個喜歡睡懶覺的法國人早就擔心過了[1]。

我很想知道那個法國人最後怎麼樣了，媽媽說他死了。我卻懷疑，他只是被他的媽媽叫醒來上學去了，而我們，都是生活在他夢裡的人。

或者，他，還有現在正在說他的這個媽媽，都只是在我的夢裡。等我聽到「起床了」的聲音，眼前這個不耐煩的假媽媽就會消失，另外一個真正的媽媽正站在我床頭。我希望那是一個笑瞇瞇的、溫和的媽媽，說話的聲音很甜蜜，長得更漂亮些，頭髮也不要是捲的。

1 笛卡兒的《第一哲學沉思錄》的「第一沉思」。

3. 還是夢

吃早飯的時候，外婆說，她昨天晚上夢到我了。我很吃驚，因為昨天，我整夜都睡在自己的房間裡，我發誓沒有去過外公外婆的房間。所以，我怎麼可能出現在她的夢裡呢？外婆夢到的那個我，真的是我嗎？我可不願意世界上有一個壞男孩，冒充我跑到外婆的夢裡去搗蛋。

當然，也有的時候，我做了什麼，自己也不知道，比如，我晚上睡覺時，明明躺在自己的床上，蓋著我的小蘭花被子，熊貓寶寶的枕頭旁邊，放著我最喜歡的狗熊一家。可一覺醒來，我卻躺在爸爸和媽媽中間，一隻手摟著媽媽的脖子，一條腿架在爸爸的肚皮上。媽媽肯定地說，4點半的時候，我起來上洗手間，然後就爬到爸爸媽媽的床上去了。

這種情況是常有的。為了保險起見，我仔細地問外婆，她大概是幾點鐘夢到我的。外婆說，也許3點，也許5點。我又問媽媽，今天早上，我是幾點起床的。媽媽說，大約7點半。這樣我就能想明白了。一定是我3點或者5點鐘的時候，到外婆的夢裡去走了一趟，然後又回到自己床上睡覺去了。

但我還是有點擔心，如果外婆睡到8點還在做夢，那媽媽來叫我起床時，就找不到我了。還好，外婆總是家裡第一個起床的人，她常常做夢，夢到我，但她從來不胡來，也不貪婪，總是及時把我送還回去。所以，我答應外婆，她擁有隨便怎麼夢到我的特權。

4. 總是夢

我做的那些夢，都到哪裡去了？那些甜蜜的、有點苦的、恐怖的、莫名其妙的夢，各種顏色、各種味道和形狀的夢，都到哪裡去了？我很想念它們，但到處也找不到它們。

我還記得做夢時的感覺，但夢的具體模樣卻怎麼也想不起來了。我的夢好像是離家出走了，再也不回來。只有其中的一小小小部分，很乖地留在我的腦子裡，我想念它們的時候，就回憶這些夢的碎片。

快樂和不快樂的日子

快樂的日子要保存收藏起來，讓太陽曬一曬，用煙燻一燻，再讓風吹一吹，好日子就變成了臘肉，可以放好長時間，不會變質，油汪汪的又香又好吃。有臘肉的人家，是一定不會餓死人的。

但是，我會記得醫生說的話，臘肉吃得太多，對身體不好。醫生又說，還是應該多吃新鮮的蔬菜和肉食。

不快樂的日子呢，就摺成小飛機，重機頭、窄機身、飛行能力超強的那種，對著機頭呵口氣，用力一擲，呼——讓它飛得遠遠的，再也看不見了。

林喬安

媽媽總是說：「你怎麼就不能像林喬安那樣，當大班長！」「你怎麼就不能像林喬安那樣，每次考試都拿全班第一！」「你怎麼就不能像林喬安那樣，英語一級棒！」

「你怎麼就不能像林喬安那樣……」

可是，媽媽，我怎麼能夠像林喬安那樣呢？世界上已經有一個林喬安了，而我是小秒針啊，我當然不能夠像林喬安那樣啦。

我就從來不說：「你為什

麼不像林喬安的媽媽那樣溫柔！」「你為什麼不像林喬安的媽媽那麼漂亮……」你是我的媽媽，我不要你像林喬安的媽媽。

讀光陰

我喜歡玩一個遊戲，讓爸爸、媽媽、婆婆、外公，還有我自己，一人伸出一個胳臂來，並排放在一起。我閉著眼睛摸過去，能猜出摸到的是誰的胳膊。媽媽說，這叫做「讀光陰」遊戲，因為從我的胳膊到外公的胳膊，就是光陰歲月的腳印。

一條粉嫩的胳膊，為什麼會變成一條粗糙的胳膊呢？我想知道為什麼，我還想知道，那一顆粉嫩的心，會不會變成一顆粗糙的心？一雙粉嫩的眼睛，會不會變成一雙粗糙的眼睛呢？

翅膀

我想有一對翅膀。天使說，可以的。但是，如果我要翅膀，他就要把我的手收回去。要手還是要翅膀，這是一個嚴重的選擇題，我很為難。有了翅膀，我可以飛得高高的，可是，沒有了手，我怎麼剝榛果和開心果吃？

我決定先試一試，能不能忍受沒有手只有翅膀的生活。

早上起床，我直接坐起來，而不用手撐。嘿，這個很容易。可是扣衣服扣子、穿褲子和襪子相當有難度，用腳去搆洗手間的門把手也不容易。不過我想，也許翅膀足夠強壯，可以壓下門把手。但我該怎麼梳頭呢？難怪鳥沒有留長髮的，不管是男的鳥還是女的鳥。還好我是男的，短短的頭髮可以不梳，該梳的時候我就去理髮。

媽媽已經起床了，正在掃地，這時候我不能伸懶腰，因為翅膀一撲騰，灰塵會滿屋子飛起來，媽媽的活兒全都白幹了。隨便在哪個房間我都不能隨便伸懶腰，我想要雙大翅膀，張開來準會碰倒燈、碰倒杯子、碰到牆，或者把媽媽沒裝訂的文件紙弄得滿屋子亂飛。

洗手恐怕會有點麻煩。我是單洗外面的一排翎毛呢，還是整個翅膀都洗了？要是全都洗，工程好像太浩大了，如果是在公共場所，排隊等在後面的人也許會抗議，說：「嘿，這是洗手的地方，不要在這裡洗澡。」如果我反駁說：「我並沒有洗澡。」那個人還可以繼續譴責說：「洗上半身也不行。」

而且，貼在牆上的小烘乾機也沒法烘乾整個大翅膀，看來在城市裡，我只能要小一號的翅膀。但天使又說了，體重和翅膀的大小是成比例的，我要想飛得高高的，不但非要大號的翅膀不可，而且還要減肥。

洗完手該吃飯了。當然肯定是不能吮手指了。我可不想舔羽毛，那實在有點噁心。不知道我的翎毛能不能夾起筷子。大翅膀伸出去夾菜，恐怕很容易沾到湯或者碰著菜。我看古代的中國人穿的就是袖口大大的袍子，他們拿東西，一隻手伸出去，總用另一隻手捏住袍袖，才不會碰到這掛到那。那我怎麼辦呢？

很多事都很麻煩，看來我還是比較習慣用手。於是我跟天使商量，能不能有翅膀，同時還保留我的手。天使想了很久，說，應該也是可以的。我很高興。

可是這樣一來，我就有了一雙翅膀、一雙手和一雙腳，這似乎有點多了，如果我在燒烤的時候，要伸手去拿肉串，卻不小心把翅膀伸出去，豈不是很危險？

所以，最後我還是沒有要翅膀，就一直是現在這個樣子：兩隻手、兩條腿，沒有翅膀。

數字們

我發明了一個魔術，跪在地上，彎著腰，問：「媽媽，你看我是誰？」

媽媽說：「你是我的寶貝小秒針呀。」

唉，媽媽真笨，我變成了2呀。

1是個正直的人，真正的男子漢，不管是橫著豎著還是倒立，都是他自己。因為他知道，如果他折斷了自己的腰，就變成了7。7是不快樂的，走路一直低著頭。這樣子也許總能在第一時間看到地上掉的錢，但卻看不到天空了。所以，7比1要多，但第一卻比第七好。

6翻了個跟頭，就增加了3，變成9了。

2也想增加3，也翻了個跟頭，卻沒有變成5，而是變成了5的背影。2不知道，他要想變成5，應該去照鏡子，而不是倒立。比如我跪下來，可以變成2，同時還可以在鏡子裡變成5。這是最高明的魔法師才會的表演。

4總是叉著腰，很傲慢的樣子。難怪，大家都不喜歡他。

0和4正相反，他必須做一個謙虛的人。因為只要他跑到別人前面，就什麼都不是了，但如果它願意跟在別人身後，卻可以給別人很大的幫助。但0可不是一個特別能受委屈的人，它絕不允許分數線壓在他上面。

咒語

我和陳偉龍在練習咒語，這種語言很神祕，很複雜，而且沒有語法和固定的單詞，是這樣的：

我說：「吧啦嘰哇呱哈！」

陳偉龍說：「斯哩烏啊嘎，呀噢。」

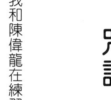

我搖搖頭，說：「米伽，諮嘛格トト噗！」

陳偉龍生氣了，說：「嗶啵斯囉！嗶啵斯囉！嗶啵斯囉！！」

我歎口氣，妥協了，說：「吧吧嗒薩薩啦。」

陳偉龍高興地蹦了起來，說：「嚄！呲嗶吆吆。」

這是我們倆在商量，要不要把包著鳥屎的紙團放在老師的衣服口袋裡。最後我們一起做了這件事，結果被老師抓住了。所以，現在，我和陳偉龍被關在老師的辦公室裡，必須用她們能懂的語言，寫一份檢討書。

唉，噢俄呷麼喇喏！這是我和陳偉龍共同的抱怨。

我的家

窗簾

我猜，風一定是窗簾的男朋友，因為風來的時候，窗簾總是高興得跳起舞來。風走了，窗簾就垂著，很憂傷的樣子。窗簾還總是站在窗前，眼巴巴地望著外面。

為了讓窗簾知道風什麼時候來，我每天都注意看報上的天氣預報。

「今天白天晴，風力小於3級，或者，今天夜間多雲，西南風3到4級。」

我還把報紙放在窗簾的腳下，讓她能看到。可是風總是不守信用，說好約會的時間，他要麼遲到，要麼就不來。真讓人生氣。

我看見窗簾憂傷的樣子，伸手去撫摸她，可她愛的不是我，冷冷地從我指縫裡滑走了。我把窗簾整個兒抱在懷裡，可她還是冰冷冰冷的。我又讓她把我整個兒地包起來，捲啊捲啊捲，包了一層又一層，可她也不願意溫暖我。

媽媽看見了，大叫起來：「瞧你那雙髒手，別玩窗簾，別碰它！」媽媽說，那是上等的紗簾，很貴的！媽媽不知道我在安慰窗簾。媽媽也不知道，紗簾再貴、再白、再漂亮，沒有風也不開心。

所以我每天早上一起來，就把窗戶打開，請風進來，風不來的時候，我就拿一把扇子，坐在窗簾前，搧啊搧啊搧，讓窗簾遲遲疑疑地跳舞。

扶手椅

沒有人坐的扶手椅看上去好空虛，好孤獨。他做出一個要擁抱別人的姿勢，卻沒有人可擁抱。他等著一個人到他懷抱裡去，可誰也不理他。

所以每一次我都坐到扶手椅裡，讓他抱著我。我還把手放在扶手上，那是我和扶手椅手拉著手。我把扶手椅搬到窗前，坐在裡面，給憂傷的窗簾搧風。

有時候，我把落地窗簾抱起來，放進椅子裡，好像椅子滿滿地抱著窗簾的樣子。要是他倆能夠相愛就好了，一個有人可抱，一個有人抱她。

窗簾和椅子，真的很配，為了讓他們在一起，我把窗戶都關上了，免得風突然來打擾。可他們肯不肯談戀愛，誰也不知道。窗簾會不會忘記風，風還會不會再來，誰也不知道。

兩個人的愛或不愛，世上再沒有第三個人知道了。事情就是這樣的。

電話機

我們家的電話真淘氣，那些數位總喜歡串門，他們本來是這樣排列的：

1 2 3
4 5 6
7 8 9
* 0 #

但有時，5想去跟小花兒*聊聊天，於是就會變成這樣：

1 2 3
4 0 6
7 8 9

*5#

串門的號碼多了，電話會變得有點陌生，就像這樣：

5#8

302

*64

719

或者這樣：

#06

381

95*

472

或者別的任何樣子。總之，媽媽每次撥電話的時候都要找半天，138……咦，8呢？8哪裡去了？她還常常按錯鍵。為此媽媽很頭疼，尤其是她著急撥電話，比如，她沒有接到上司打來的電話，現在要回過去的時候。

還有一次，1和3乾脆結伴出去旅遊了，因為他們工作太累了。現在有手機的人越來越多，幾乎沒人用座機了。每次撥手機號碼，最先開工的總是他們兩個。就像電腦鍵盤上，s總是比v磨損得厲害，1和3也是電話上工作最辛苦的，有時候，他們工作得都昏倒了。最可怕的是，即使他們累得休克了，人們還要求他們帶病工作。打電話的人按一次兩次不行，就會用指頭拚命地敲、砸、戳，直到把他們弄醒為止。電話號碼是沒有工會組織來保護他們權益的，而且，其他的號碼還會逼迫工傷的同事繼續工作，因為如果某一個號碼宣告死亡，整個電話機就會報廢，就像公司宣佈破產一樣，大家都很害怕有那一天。

1和3實在太累了，繼續工作下去，他們會過勞死的。終於有一天，他們決定去休假。結果那一整天，我們家都沒法打出一個電話，因為我們找不到任何一個電話號碼，是沒有1和3的。

沒有了電話，我們家就像生活在孤島上，沒法和外界聯繫了。全家人都翻天覆地地找1和3，個個氣急敗壞。

最後，是媽媽在沙發底下找到了他們倆，他們正坐在地上，高高興興地玩「三個字」的遊戲。

媽媽終於大大地生氣了，她把所有的數字都綁了起來，不准他們亂跑。所以我們家的電話，到現在還是五花大綁的，你到我們家來做客就會看到。

雖然我也偶爾為打不成電話發愁，但還是很同情我們家的電話機和號碼們。為什麼我們有寒暑假，大人每年也要旅遊、度假，卻要求電話號碼一直處於工作狀態，而且一輩子都待在一個地方不動。這樣不公平。其實電話號碼都是好孩子，如果媽媽好好跟他們講道理，他們就不會亂跑了，或者選擇在我們晚上睡覺之後再串門子和旅遊。可媽媽卻一點道理都不講，直接把他們綁了起來。

所以，當然啦，電話就不喜歡媽媽，他們會用自己的辦法報復媽媽的。有時候，有電話來找媽媽，鈴聲就故意不響，他們把鈴聲扣押下來，攢到半夜三更的時候，再一起響起來。叮鈴鈴，有人找媽媽，叮鈴鈴，又有人找媽媽，叮鈴鈴，還有人找媽媽，叮鈴鈴鈴鈴鈴鈴鈴……讓媽媽整夜整夜都沒法睡覺。

電話覺得這樣報復真開心。可是後來，電話發現這樣會打擾全家人。媽媽睡得那麼沉，總是全家人都被電話吵醒了，一起來推媽媽的時候，她才會醒來接電話。電話機不想連累其他人，尤其不願意影響我的睡眠，後來他就不再報復媽媽了。你看，我說了，電話是好孩子，很講道理的，體貼人，也從來不傷害朋友。

木桌

家裡的木桌裂了一條縫，媽媽怨聲載道，爸爸唉聲歎氣，都好像這是一件很不好的事情。真讓人搞不明白。難道他們不知道，木桌張開了嘴，是有話要對我們說嗎？

家裡人沒誰會當真聽木頭說話，只有我陪在他身邊。他便跟我聊了好多，主要是說他的家鄉，一個漂亮的小樹林。他沒有出身原始森林那樣顯赫的大家族，只是一個平民，但他喜歡他的家，還有他的奶奶。奶奶是林子裡最老的一棵樹，也是全森林最有尊嚴、最勇敢的樹，她遇到過很多磨難和驚險，見過還很年輕的太陽，還有一朵因為失戀而變老的雲。

我慢慢認識了木桌，熟悉他身上的每一個樹結和每一條紋路。木桌從小就有寫日記的好習慣，他身上寫滿了故事，一場暴雨，一次颱風，一回蟲災，他都用線條記下來。

木頭縫裡還留著風的喘氣聲，小象挨挨蹭蹭的聲音，螞蟻的腳印，木頭纖維運送土壤養分的廢棄管道，我都能聽到和看到。我管木桌叫「堅持寫日記的好學生」。

木桌告訴我，他喜歡書和紙躺在自己身上，因為他能從他們身上，聞到他熟悉的樹的氣味、森林的氣味。我就把爸爸媽媽的書全都抱到桌上堆起來，讓木桌高興。可是爸爸媽媽找不到書，總是罵我：「你這個孩子！整天瞎折騰什麼呢？」然後，爸爸媽媽就氣呼呼地把書搬走了，只留下木桌最不喜歡的玻璃杯，放在桌子上。

桌子歎口氣，我也歎口氣。可是我歎的氣沒有桌子歎的氣那麼香。我幫木桌把玻璃杯拿開，放到玻璃茶几上去。

我喜歡聽木桌講樹的故事、森林的故事，有時候不是要聽故事，只是喜歡聽木桌的聲音。木桌卻說，他的嗓子已經壞了，他年輕的時候，頭上還有樹葉頭髮，那時他說話、唱歌的聲音，才叫好聽呢。木桌可是從來不吹牛的。

我迷上了木頭，想長大以後當一個植物學家，住在大森林裡，每天只跟樹講話。

開關

開和關，就像一對總在吵架的夫妻，兩個人的意見總也不統一，一個要這樣，另一個非要對著做，於是開開關關，開開又關關，沒完沒了，吵死了。

最可憐的是他們的孩子，本來挺漂亮的一盞燈，亮一下又熄一下，熄了又亮了，閃啊閃，結果沒多久，孩子就變壞了。媽媽大聲地抱怨：「燈泡絲怎麼又燒斷了？品質這麼差！」這件事根本不能怪燈泡，是他爸爸媽媽在吵架。媽媽罵燈泡的時候就跟罵我的時候一樣，根本不問青紅皂白。

我真不明白開和關，他們為什麼不在結婚安裝的時候，就事先說好了，分了工，晚上聽「開」的，白天聽「關」的，有月亮的時候聽「開」的，太陽來了就聽「關」的，每個人都掌管一部分，都不和別人作對，這樣不就可以相安無事了嗎？這不是很好嗎？真是的！

大人真是不懂事。

可是媽媽卻罵我：「秒針！出門又不關燈！老師沒教過你要環保嗎？」老師當然教過「關愛地球」和「節約能源」的，可是我已經和開關說好了，現在是應該歸「開」管的時間，如果讓「關」說話算數了，他們又該吵架了。

難道媽媽沒有看到，開關吵架時，燈泡有多可憐嗎？

風鈴

你知道風鈴是誰嗎？她是風的媽媽。風不是看不見嗎？而且又淘氣，跑起來又快。可是，媽媽就有這樣的本領，就算她的兒子變成了隱形人，她也能看到他，還能捉住他。

有時候，風躡手躡腳地想從窗前偷偷溜過去，我們誰都沒發現，可他媽媽一把揪住了他，開始嘮嘮叨叨地教訓他。我聽到風鈴批評人，才知道風又蹺課出去亂跑了，但是，唉，可憐的風，又被逮住了。

小孩子搗蛋犯點錯誤不是正常的嗎？風鈴媽媽卻總是說同樣的話教育他，聽得我耳朵都長繭子了，真煩人。我想幫風的忙，就把窗戶關起來，任他在外面痛痛快快地玩。可風鈴不高興了，不是敲我的腦袋，就是拍我的肩膀，叮叮噹噹地要跟我說話。

風鈴真是一個
囉嗦透頂的媽媽。
我把風鈴摘下來，
掛到媽媽的床頭。
讓煩人的媽媽們都
待在一起吧。

窗戶

我們家，爸爸喜歡關窗，媽媽喜歡開窗。爸爸說，要把灰塵、噪音、烈日，都關在屋外。媽媽說，要把外面的聲音、外面的色彩、外面的世界都放進家裡來。

我覺得媽媽這樣真麻煩，我們直接打開門，走出去，不就有了整個兒「外面的世界」了嗎？

牆壁

在我們家，這面牆和那面牆的性格是不一樣的。我房間裡那面粉藍的牆壁很怕癢癢，我用手指輕輕一搔他，他就笑得亂抖起來，把牆上掛的畫都抖下來了，真過分，一點都不成熟。

書房的牆壁都是硬心腸，不管你怎麼逗他、癢癢他、撞他，他都沒反應。也許他覺得這樣很酷，不過總是那麼酷的牆壁，我可不喜歡。

花房的牆壁是女的，粉紅色，很害羞。我用一個手指頭戳她，她就羞答答地往後縮一點，我更往前戳，她更往後縮。後來，我的整個胳膊都伸出去了，把整個牆壁都弄得變形了。外婆見了很心疼，叫起來：「幹嘛你！欺負我的牆壁。」

外婆居然不向著我，卻幫牆壁說話，我很難過。不過，粉紅色溫柔的牆壁，真的很可愛。她又那麼容易受傷，有外婆保護她也不錯。

地板

如果你有一屋子喜歡跳踢踏舞的地板，你就會加倍加倍地增加快樂，但也會加倍加倍地增加煩惱。真的，就像我現在一樣。

爸爸說，我們家買的地板是同一批生產的，而我懷疑，他們根本就來自同一棵大樹，是親兄弟，至少也是幾棵同胞樹上出來的，是堂兄弟，所以他們才會那麼默契。他們跳起踢踏來的時候，統一把手背在身後，一句話不說，臉上也沒有表情，很酷的樣子。只聽著劈劈啪啪的響，最簡單的聲音也能排出節奏和韻律來，聽起來真是美極了。

踢踏的節奏可是很有感染力的，每一次跳到最後，整個房間都會跟著蹦跳或搖擺起來，文具盒一開一闔地拍著手，檯燈的頭一點一點的，嘴裡還「噠噠噠，嗒嗒，噠噠噠」地哼哼著。空氣變得活潑熱烈，很好動，能把我的心、我的手腳、我全身的細胞都感受——嗯，蠢蠢欲動，對，就是「蠢蠢欲動」這個詞。

然後，我就和大家一起跳起來，扭脖子、扭屁股、手舞足蹈，還「謔謔」、「嗨嗨」、「吼吼」地叫，把兩個腮幫都笑得掉下來。可是，地板只管酷酷地跳他們的，他們從不像媽媽那樣嘲笑我，說我跳舞的樣子好像全身長了蝨子。

不過，如果喜歡跳踢踏舞的地板同時還是任性的地板，就總會有些麻煩的。地板從來不肯聽我的話，他們想什麼時候跳舞就什麼時候跳。有時候，我正在寫作業，突然被地板掀得彈起來。也有時候，我在睡覺，夢到遠處有一大群野馬飛奔過來，馬蹄聲像雨點一樣，一下下淋濕了我一身。地動山搖，馬群越跑越近，終於從我身上踏了過去，在我身上踩出很多透明的窟窿來。

我從這樣的惡夢中醒來，一準就能看到地板又在跳舞了。而且，其他所有的東西也都在跳，床頭的壁燈沒法蹦跳，也跟著一開一關、一閃一閃地高興。我肯定，第二天一早，媽媽走進我的房間，又會罵我的。

「秒針！！看看你的房間！都亂得都沒地方下腳了。——燈泡為什麼又被你燒了?!」

老天，燈泡是自己燒壞的，任何一個學跳踢踏舞的燈泡，都會這樣累倒休克的。為什麼是電燈跟著地板學跳舞，而不是地板跟著燈泡學發光？這個世界真是完全不講道理。

最糟糕的是，燈泡還不是唯一想學踢踏舞的。我們家書架上的書、櫥櫃裡的碗筷、連洗手間和廚房的瓷磚，都要求跟地板學跳踢踏舞。他們自動排成一行，跟在地板的後面，踢踢踏、踢踢踏，或者嘩啦啦、嘩啦啦，或者乒乒乓、乒乒乓……

如果書頁捲角了、碗碟或瓷磚磕損了邊角，爸爸媽媽只會懷疑是我幹了什麼壞事，他們從不聽我的解釋，聽了也不相信。

我多麼希望，地板有點別的什麼特長和愛好，比如，合唱或者說相聲。只要不是跳踢踏舞。

床

我要告訴你的是，床可不是一件普通的傢俱。雖然它看起來相當普通。

我小時候，什麼事都還不懂的時候，以為床是造夢機，就像爆米花一樣。玉米粒抹上黃油奶油，放進微波爐，通上電，轉一轉，噗噗噗，砰砰砰，就變出了爆米花。我把自己當作原料，洗了脫了，放到床上，擺擺好。機器就開始生產出夢來，塞進我腦子裡。夢一個一個，香香的，美美的，甜甜的，熱乎乎蓬蓬的，真的很像爆米花。

不過，我那麼想，只是因為無知。現在，我已經不是小屁孩了，知道小時候的想法很荒唐。如果床真的是造夢機，為什麼他白天不生產？為什麼我躺在床上看書的時候、醒著的時候，也不生產？

事實的真相是，世界上根本就不存在造夢機。床呢，它是一種交通工具，就像時空穿梭機那樣的運輸工具。世界上有兩個我，不，很多個我，活在不同的世界，在這個世界裡，我是媽媽和爸爸的兒子，外公和外婆的外孫，是一個要寫作業的小學生，還是我哥們的好兄弟，但在另外一個世界，我是超級無敵拉姆魔法師，在又一個世界，我是磁靈鬥士，在又一個世界，我是爸爸，有一個長得像爸爸的兒子，和一個長得像媽媽的女兒，我給他們倆每人報五個學習班，從不給他們喝可樂、吃薯條，就說對他們身體不好。

總之，有很多世界，就像有很多城市一樣。這是看起來最聰明的科學家愛因斯坦說的，我向你保證，他說得沒錯。

不同的世界之間，不通汽車、火車、飛機，也不通電話，只通記憶，還通床。床把我運到這兒、運到那兒，運到各個不同的世界裡去。而且，還不用買票。

我對自己的床，只有一點不滿：它不夠漂亮。就算是買車，也要挑一輛看起來風光的。可我睡覺的高低床，真是不好看，為什麼不能在房間裡做一棵樹，從下面的樹洞裡爬上去，我的床就在樹枝上，床頭的燈是一個紅蘋果，鬧鐘是一隻小鳥，床上的枝頭還有松鼠。早上，小鳥叫過三遍，睡覺的人還不起床，松鼠就會往他頭上拉屎——當然，那是給別的小孩睡的床。我自己的床，小鳥叫過三遍後，松鼠就扔兩根薯條下來，再不起床，就扔巧克力豆，越扔越多，直到變成巧克力豆暴雨，要把我全身都淋濕。

枕頭

枕頭覺得不公平，為什麼大家都有名字，只有她，被馬馬虎虎、潦潦草草地直接叫功能，好比很多人都有尊姓大名，張三、李四或者王五，但有的人就叫「那個掃地的」或者「保安」，聽著就不客氣。憑什麼用來枕腦袋的東西，就直不楞登地叫「枕頭」？那為什麼不直接叫另外那個傢伙「洗臉」？為什麼人家就有名字，叫「毛巾」。哼！衣服也不叫「裹身」，襪子也不叫「包腳」，鞋子也不叫「裝腳」，筆也不叫「寫字」，燈也不叫「發光」，杯子也不叫「盛水」，碗也不叫「盛飯」，窗簾也不叫「遮光」，連椅子都有名字，而不叫做「放屁股」，總之，人家都有名有號的，單單她沒有。

而且，人類給物品取名字，一點邏輯和規律也沒有，比如，用來刷牙的東西叫「牙刷」，可是用來洗臉的卻不叫「臉洗」，用來梳頭的不叫「頭梳」，用來盛飯的

也不叫「飯盛」。

每天晚上，枕頭都這樣抱怨著，滿臉的不高興，還在我腦袋底下扭來扭去、唉聲歎氣的，讓我睡不好覺。我安慰她：「那梳子不也叫梳子嗎？」

枕頭不高興了，說：「拜託！人家可沒叫『梳頭』，他叫『梳子』，還有『被子』、『杯子』『盤子』、『碟子』，知道怎麼回事嗎？中國只有大人物才叫什麼什麼『子』的，莊周就是『莊子』，孟軻就是『孟子』，朱熹就是『朱子』，梳頭就是『梳子』，聽聽，多尊重，就好像在叫『梳老師』，『梳先生』！」

我覺得人類起名的時候，確實很對不起枕頭，於是我叫她「枕子」，表示對她的恭敬。但這個尊稱也不好，因為別人聽起來都當是「疹子」。那天晚上我睡覺，高興地喊了一聲：「大家快來看我的枕子！」結果媽媽很緊張，抱著一箱子治皮膚病的膏藥跑過來了。

我又安慰枕頭：「打字機不也是叫功能嗎？打字。」枕頭一撇嘴，不高興地說：「可人家後面還有一個『機』字，那是人家的姓，顯擺他的大家族，還是名門望族呢。」枕頭說得對，一看打字機的名字，就知道他和電視機、收音機、洗衣機、榨汁機是一家的，人丁興旺，他們家還出了不少大人物呢，比如挖土機、起重機。

如果這樣，枕頭就應該叫「枕頭包」，表示跟背包、書包、沙包、皮包、麵包、豆沙包、手提包一家，雖然普通，但至少從名字上，就能感覺到大家庭的溫暖。

從此，我就叫她「枕頭包」，枕頭包高興了，她捧著我的頭，美美地睡了。

後來，我給家裡每一樣東西都另外取了名，都是很好聽的名字，床叫做「夢工廠」，被子叫「蓋夢」，枕頭的名字最好聽，叫「尋夢」。

我是我房間的心

我是我房間的心。

所以我高興，我的房間就笑，我哭，我的房間也濕漉漉的。

我高興的時候，抽屜吐出舌頭來做鬼臉，被子樂得摔倒在床下，吊燈高興地盪秋千，天文架站在一邊，叉著腰仰天大笑，牆上的畫明晃晃、光閃閃的，整個房間都樂呵呵的，牆壁上貼滿了亮晶晶彩色的笑聲。

可是我傷心的時候，就一切都不同了。抽屜嘟著嘴，被子耷拉著腦袋，皺巴巴地垂頭喪氣，吊燈像個吊死鬼，沒精打采死氣沉沉的，天文望遠鏡最無聊，懶洋洋地趴在天文架上，一點勁頭都沒有。畫也灰濛濛的。房間裡到處都是一波一波的唉聲～唉～歎氣。

我是我房間的心。我喜歡快樂的房間，所以我要做個快樂的小心臟。

字典

我的朋友當中，或者我的朋友的爸爸媽媽當中，一定有一個隱姓埋名的神祕人，他或者她負責編寫全世界所有的字典。因為他或者她是我的朋友，或者我朋友的爸媽，所以熟悉我所有的朋友，所以他或者她工作的時候，總是把我和我所有朋友的名字都編寫進去。他或者她可真好，編了那麼多字典，卻從來沒有落下我的名字，也從來沒有落下我任何一個朋友的名字。他或者她甚至知道我們所有人的外號，連我們的外號都編進字典裡。

看到自己的名字印在字典上，供所有的人查找，真是一件很美的事情。

可是我看字典前面的「編寫人員名單」，從來沒有看到過一個熟悉的名字，我讓自己所有的朋友看那份名單，他們都說沒有他們爸爸媽媽的名字。這可真奇怪，他或者她為什麼要用化名呢？也許，他或者她只是不想讓我們太感謝他或者她了。他或者她是一個溫和的、謙虛的人，做好事不留名。

雖然我不知道他或者她是誰，但我還是很感謝他或者她。我常常地想著自己的朋友，還有他們的爸爸媽媽，很希望有一天，我能知道他或者她到底是誰。

衣架

傍晚，我和外婆去散步，遇到了一隻衣架，他趴在地上，好像受了傷。外婆把衣架扶起來，才發現他不是受傷了，而是被遺棄了。衣架的手本來應該攀著自己的脖子，他卻鬆了手，成了這樣。

因為他不想別的衣架那樣，老老實實地雙手抱著脖子，別人就認為他是沒用的東西，將他拋棄了。

外婆抱著他，說，衣架這個樣子也沒什麼不好，可以晾襪子、手帕、絲巾，夏天的小衣服。外婆這麼說著，就收養了他，帶他回家。

現在，這衣架就掛在我家的晾衣竿上，他一定很開心，因為他嘴巴咧得大大的，還得意地搖擺。

他有個性、可以自己擺pose，又對別人有用，他當然開心啦。我喜歡自由又開心的衣架。

照片和時間大戰

我覺得「拍照片」這個詞特別好，特別有趣，還超準確。好像把一個人放平了，像拍皮球一樣，使勁地拍打拍打，拍扁了，就成了照片。

我看過外公小時候的照片，好奇怪，外公明明是個老頭子，照片上卻那麼小，比我還小，流著口水，在地上爬。外公怎麼會在地上爬呢？

外公總是歎著氣說，時間好像水一樣，轉眼就流過去了，一點都不停留。外公說得不對，水是液體才流的，如果結成冰，就不動了。所以，照片就像冰櫃，可以把時間冷凍起來，流不動。比如外公都老了，照片上還是一個小屁孩。

照片可以打敗時間！

可是時間才不會這樣善罷甘休，就乖乖地輸給照片呢。時間沒法改變照片上的圖像，但可以施展魔力，把照片本身變黃，讓別人一看就知道，哎喲這是老照片。連照片都老了，照片上的年輕人，肯定也老了。要用照片裡的年齡加上照片本身的年齡，才是照片上那個人現在的年齡。

這就是照片和時間大戰。看起來，還是時間比較厲害些，照片也打不過他。

但世界上總還有很多人，在勇敢地挑戰時間。比如敏敏的爸爸，總是坐在家裡寫啊寫，他想寫一本書，讓敏敏的兒子和孫子都喜歡看。時間跑得再快，也甩不掉他的書。我不知道他是不是真的能打敗時間。

我們家也有一個喜歡跟時間開戰的人，就是親愛的媽媽。媽媽每天都花好多好多時間化妝、美容、護膚，媽媽說，她要時間歇歇腳，要青春在臉上多停留會兒。她看起來好像是比同學們的媽媽年紀小點兒，好像時間真的陪著她走得慢一點。可是她做面膜的時候，我明明看到有很多個小時的時間從她臉上踩過去，跑掉了呀。真不明白，這場大戰，到底算是誰輸誰贏。

拖鞋

這個世界充滿了假象。比如我的拖鞋，看起來只是一雙普通的拖鞋，其實，那是一艘宇宙穿靈機，它們來自外星球，專門負責搜集和發送地球的資訊和情報。它們的任務很重，工作很忙，所以我每次要穿鞋的時候，都找不到它們。我本人非常不願意影響它們的工作，可是媽媽總是逼著我穿鞋，不准我光腳，所以我只好到處找，不知道宇宙穿靈機又跑到哪裡幹活去了。

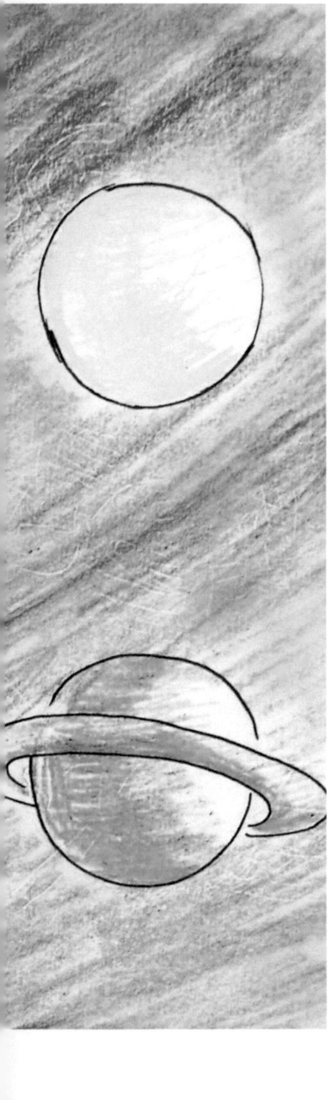

137 我的家

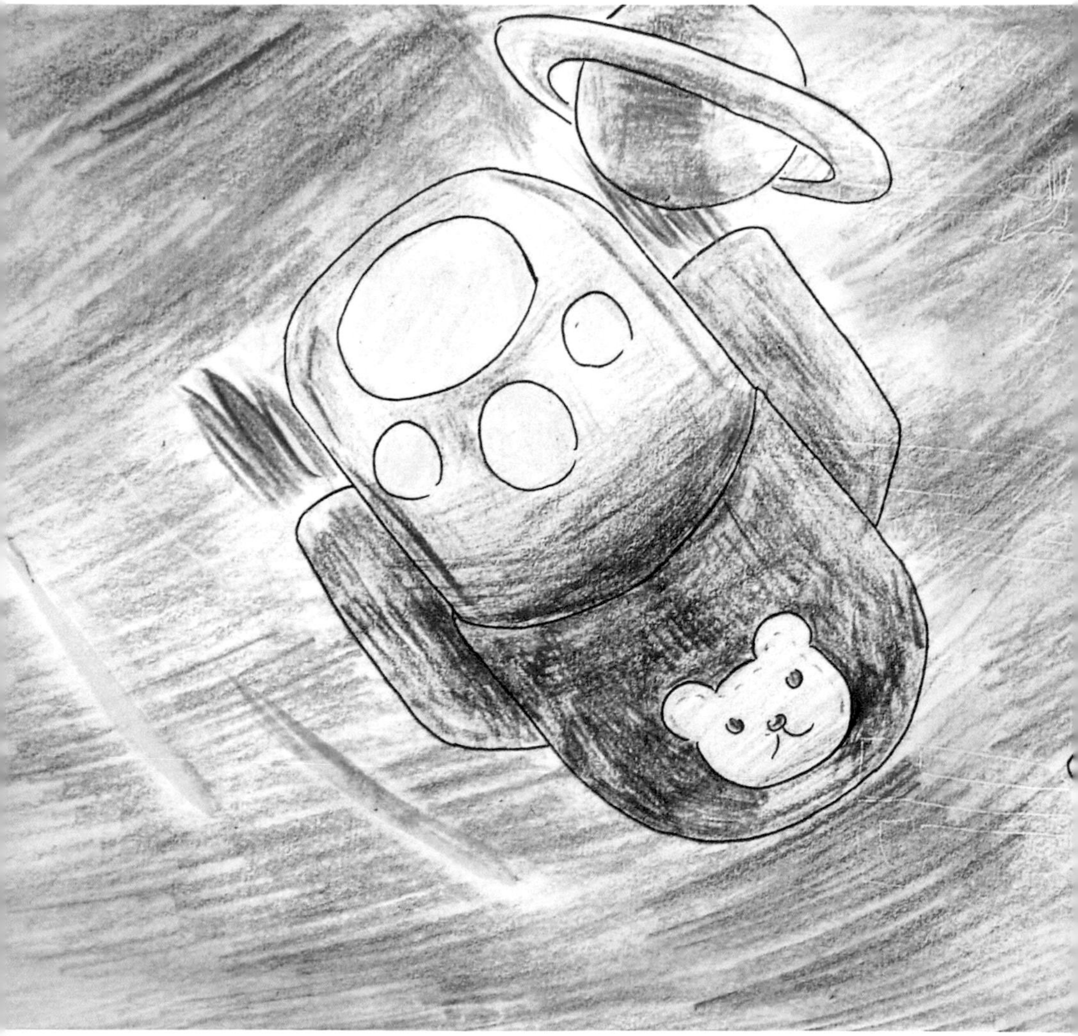

臥底花

我們家有很多花，梔子、茉莉、水仙、曇花、菊花……。外婆還種了南瓜，黃澄澄的大喇叭花，毛茸茸的葉。但我們家最漂亮的花，誰也不知道，是臥底花。

「臥底花」是我給她取的名字，她開在我拖鞋的底部，就像一個本領高超的間諜，真正地臥底，開遍了所有的房間，卻誰也注意不到。

可是，間諜一定是寂寞的人，她身邊的人都不知道她是誰，知道她是誰的人，又不在身邊。臥底花就是這樣的，沒有一個人瞭解她、關心她，真的，沒有一個人。除了我，都沒人知道家裡開著這麼一朵花，當然更沒人關心啦。

臥底花那麼漂亮，卻那麼寂寞，我很為她難過。我問媽媽，這麼漂亮的花，為什麼不用金線繡在鞋面，而是刻在鞋底？媽媽說，那是防滑用的。媽媽還要給我講摩擦力的知識，可我一點也不想聽。我更難過了，這麼漂亮的花，開出來只是為了磨損，直到消失。這件事真讓人難過。

「這樣難過的事可多了，一個漂亮的女孩子出生、活著，不就是為了變老變醜嗎？」臥底花就是這樣安慰我的。

但我不覺得漂亮只是為了變醜，出生只是為了死。我喜歡洗澡，可以潛水、游泳、玩泡泡，洗澡總有被爸爸媽媽提出浴缸的悲慘一刻，但我喜歡洗澡就是喜歡洗澡，潛水、游泳、玩泡泡，洗澡並不是為了被提出浴缸的。我就是這樣告訴臥底花的。

不管怎麼說，我寧可自己多摔幾跤，也不願意讓臥底花去死，所以我儘量不穿鞋。光著腳在家裡走來走去的時候，我就把脫鞋抱在手上，讓臥底花對著我一個人——開放。

有時候，我會被爸爸或者外婆抓住，他們總是逼我穿上鞋，我就把脫鞋翻過來，踩著鞋面兒走路，讓臥底花對著天空美麗，她還對我微笑。

王子們

我猜，我們家住滿了王子。大茶壺八成就是一個王子，被惡毒的巫師下了咒語。於是我決定救他，吻一吻他。被媽媽看見了，還挨了一通罵，媽媽說：「怎麼可以對著茶壺嘴喝，你喝髒了別人怎麼喝？」

媽媽就是媽媽，得罪不起，違抗不得。所以我只能偷偷地對著茶壺嘴灌水。灌來灌去，茶壺還是茶壺，一點也沒變回王子。這很奇怪。一般的咒語，不都是被吻化解的嗎？吻，不就是嘴對著嘴，再吧啾一聲響嗎？怎麼就不管用了呢？

可能，因為我不是公主的原因吧。我身邊又實在找不到公主，所以我家的茶壺王子至今也沒有被解救。你來我們家還能看到他，就是媽媽一直用來待客的那個茶壺。

有一次，媽媽把茶壺蓋摔了，缺了一個小角。我很擔心，不知道這損害的是王子的什麼部位，如果只是掉了一把頭髮還好，如果王子因此少了半個耳朵，那可怎麼辦？

於是我想到另一個問題，如果在王子被解救之前，茶壺摔破了，粉粉碎的那種，會怎麼樣？是王子死了呢，還是茶壺又會自動復原？以前編童話的人，誰都沒想到這種情況，所以誰都沒說到底會怎麼樣。

從此，我總是萬分小心地呵護著茶壺王子，還有我家的燈、花瓶、電視機遙控、桌子、垃圾筒，我肯定他們都是王子，在靜靜地等自己的公主。不管怎麼說，我都要保護好我家的落難王子們，直到他們獲救的一天。

可惜，這個世界已經沒有公主來吻我家的垃圾筒了，王子們一個都不能獲救。不過這樣也好。要是王子們都被解救了，我們家豈不是轉眼就空了？檯燈、花瓶、桌子……全都沒有了。

爸爸媽媽肯定不會樂意王子們被解救的，他們一定會抱怨，又得重新買傢俱了。而且下次，一定要小心買真正的傢俱，而不是變成傢俱的王子們。

其實，家裡到處都有王子，有什麼不好呢？我願意自己的家是聯合國的王子俱樂部，對，就是王子俱樂部，等著各國的公主。這樣很好。

如果你在哪裡看到了公主，請一定記得告訴她，到我家來，吻什麼東西都可以，我們家的什麼東西都是落難王子。

爸爸的咖啡杯

我們家有一個不快樂的咖啡杯。爸爸每天早起泡一杯咖啡，就著早報上的字一起喝下去，然後洗乾淨杯碟，放進櫥櫃裡，到第二天早上再拿出來用。從咖啡杯買回來那一天起，就總是這樣。

咖啡杯不滿意，抱怨起來：「我真膩煩透了這樣的生活！為什麼總是咖啡、咖啡、咖啡，為什麼不是牛奶，或者果汁？」

「因為喝牛奶有專門的牛奶杯，那個單耳大肚的白瓷杯，而喝果汁要用直柱碎花的玻璃杯。」媽媽耐心解釋說，「至於你，配著同色大花盤子的，是咖啡杯。」

咖啡盤附和說：「媽媽說得沒錯，咖啡盤和咖啡杯。」他本來就是咖啡杯嘛，當然該用來盛咖啡的。

可是，咖啡杯只是一個名稱而已，不是嗎？如果用它來盛牛奶，它就可以叫牛奶杯。事實上，它可以裝紅酒、優酪乳、茶、白開水，甚至櫻桃、開心果、爆米花、電池、橡皮和玻璃彈珠……任何東西，只要別太大，它裝得下。

可現在，它卻被叫做咖啡杯，只能用來裝咖啡，而且更糟糕，叫做「爸爸的咖啡杯」（媽媽另外有一個咖啡色的、沒有咖啡碟的咖啡杯），一天只被用一次，供唯一的爸爸喝唯一的那杯咖啡。

杯子有整整一生，如果不出意外的話，杯子的生命比人要長很多，可一個杯子卻被限定只能為一個人的一種需要服務。跟「爸爸的咖啡杯」一樣的，還有「秒針的牛奶杯」和「外公的啤酒杯」，爸爸的咖啡杯認為他們都是不幸的。

我問媽媽：「我們把喝咖啡和牛奶的杯子分開，這是一種錯嗎？」媽媽搖搖頭說：「沒那麼糟糕，事實上，我們給了杯子們歸宿。」媽媽舉例說，世界上為什麼會有爸爸的咖啡杯呢？就是為了給爸爸盛咖啡，在每天早上。如果爸爸每天早上不喝咖啡，這個世界就根本不需要爸爸的咖啡杯了。

媽媽說的好像也有道理。咖啡盤總是跟媽媽保持一致，他完全不理解咖啡杯在抱怨什麼，他嘲笑說：「你應該回到過去，古時候的人用一樣東西幹很多很多事情，他們甚至用咖啡杯盛飯吃，因為沒有碗。至於我自己，我可不願意過那種苦日子。老天，他們先用盤子吃飯，然後用它喝湯，平時用它喝水，下雨了還把它扣在頭上。」

咖啡杯覺得，這樣沒什麼不好，「這樣的生活不是很豐富嗎？」他說。他甚至願意現在就回到過去。

可是這樣的杯子或盤子是沒有身份的，甚至連名字都沒有，因為一個又盛吃的又盛喝的，又放針頭線腦的容器，你該叫它碗、杯子，還是瓷盒子？

這確實是一個問題。

而且，咖啡盤說，在一種好的生活裡，一個東西只做一件事，並不是這件事只有他才能做好，也不是他做得比別人都好，而是——他就只能做一件事。這樣他才會需要別人。如果一個咖啡杯突然想喝杯牛奶（你不能否則，這種可能性是很大的，就像女校的學生突然想去男校度週末一樣），就得請牛奶杯幫忙。同樣地，牛奶杯也有要勞動茶壺和茶杯的時候。如果沒有這樣的勞駕和被勞駕，杯子和杯子之間，還能有什麼關係呢？如果一個杯子可以又喝牛奶又喝咖啡又喝水又喝茶，那他還有什麼必要和別的杯子有聯繫呢？他不成了世界上最孤獨的杯子嗎？

咖啡盤描述了一個悲慘的境地，把咖啡杯嚇壞了，他不打算離家出走了。但他依然不開心。他總是相信，世界上一定有一種生活，比現在所有的生活都好，比所有的杯子過過的生活都好，比任何杯子能想像的都好。但杯子不會知道杯子最好的生活是什麼，也許人知道，但人們才不會在乎杯子的生活呢，他們只會想如何用杯子美好自己的生活。

怎樣才是好的生活，誰也不知道。咖啡杯也不知道，這就是為什麼爸爸喝的咖啡總是苦味的原因。

梔子花

媽媽說：「梔子花可香了。」昨天下午，梔子花的花瓣還握著拳頭，抓著滿滿的一大把香在手心裡，捨不得漏掉一丁點兒。到了早上，它一下子撒開手，花香噴了出來，和著露水和早上金燦燦的陽光，我聞到了世界上最有彈性、最有新鮮活力的花香。

無花果

媽媽說，無花果是未婚媽媽。我知道「未婚媽媽」的意思，就是沒有結婚便生了孩子的媽媽。無花果沒有開花就結了果子，這很像未婚媽媽。無花果的果子很有營養，但是味道很怪、很難吃，這也很像未婚媽媽生的孩子：很懂事，但是不快樂。

但是我覺得媽媽說得不對。她以為她天天看著外婆種無花果，又常常吃無花果，就很瞭解無花果了。不，不是這樣的。外婆說了，無花果其實是開花的，只不過那花開在心裡，別人看不見。我肯定，未婚媽媽其實也都是結了婚的，女人總是在心裡結了婚，才會跟別人生孩子的。只是這個婚禮，別人沒看到，也沒參加。有時候，連新郎也沒參加，只有新娘一個人參加。但是，只有新娘一個人參加的婚禮，也是婚禮呀。

所以，總是開了花才有果子，總是結了婚才有媽媽。

可是，我真的很～很～很——很討厭吃無花果！！

聖誕樹

我有點想不清楚，一棵聖誕樹和一棵普通的樹，哪個更好些。

聖誕樹和普通的樹得到了一樣多的愛，只是聖誕樹一天就享用完了，普通的樹呢，沒有這麼暴飲暴食，他們把人們的關愛分在很多年中間。所以，聖誕樹死了的時候，他們還安安靜靜地活著。但是，它們也從來沒有狂歡過，沒有成為節日的中心。

聖誕樹和一棵普通的樹，到底哪一樣更好，我有點想不清楚。

蚜蟲

外婆養的菊花上，長了蚜蟲。小小的，黑黑的，密密麻麻，像蝨子，又像鼓上蚤，陣容可龐大了。

我很快就認識了這群蚜蟲，雖然他們不怎麼愛說話，總是很酷地沉默著。但我知道，他們是一群堅定、頑強、獨立的蚜蟲，又團結，又快樂，又有自己的人生目標，而且勇敢地生存，百折不撓。我不只是喜歡他們，簡直就是崇拜他們。可外婆卻收集了煙頭泡在水裡，把煙頭水灑向蚜蟲——外婆要殺死他們！我大叫起來，可是外婆毫不動搖，因為——

「它們把花都咬死了！」外婆說。

我不明白，外婆愛花，為什麼就不能同樣地愛蚜蟲呢？

可是，蚜蟲真的會把花兒咬死的，我親眼看到外婆剪掉了一枝枯死的菊花，好可憐。可是，蚜蟲又非要吃花不可，否則就會餓死。

事情就是這樣的，花和蚜蟲，只能活一個，沒的商量。如果外婆像我希望的那樣，又愛花，又愛蚜蟲，兩個愛得一樣多，那她該多難受啊，讓誰死她都會不開心的。

我希望蚜蟲的口味能改一改，改吃別的什麼東西。但是改吃別的什麼呢？樹葉嗎？小草嗎？小蟲子嗎？什麼是我不那麼喜歡、不那麼在乎，他死了、被蚜蟲吃了，我也不傷心的？我想啊想，想破了頭也想不出來。誰被蚜蟲吃了都會不開心的，誰死了都不好。於是我就不知道怎麼辦才好了。

一種東西非要吃另一種東西才能活下去。總是一個生搭配一個死，這可真討厭。那麼，讓哪個生又哪個死呢？對我來說，這真是世界上最難辦的一件事。

真希望世界能換種方式運轉和維持。因為我不明白現在這個世界的道理。也許，世界本來就是沒有道理的。就像外婆喜歡花，我喜歡蚜蟲，而不是外婆喜歡蚜蟲，我喜歡花兒，這就是沒有道理的。

魚

我每次都坐在魚缸前看書，因為我家有一條博學多思的魚，他叫「可樂」，因為他長著可樂的顏色。當然，咖啡的顏色和可樂也差不多，不過，可樂會冒泡泡，咖啡不會。所以我們家的畫眉鳥叫咖啡，魚兒叫可樂。這樣才準確。

可樂很喜歡看書，所以我總是坐在魚缸旁邊，和他一起看書。

可樂喜歡一邊看書，一邊發表意見。看到一個了不起的男爵朝自己的眼睛猛打一拳，藉著這眼冒金星，點燃了打獵的火藥，他就吐泡泡。吐泡泡是因為他開心或者歡呼。也有他看不懂的書，比如爸爸逼我背的「數杯添淚酒，幾點送秋花，行人天一涯」。看不懂的時候，他就左右搖擺幾下，表示正在努力思考。我見了，就在這一頁停下來，靜靜地等他想明白了，再翻下一頁。一般來說，可樂看不懂的東西，我也看不

懂。等到他看懂了，我還是不懂。不過我比他聰明，我會不懂裝懂。

有一次，我隨便拿了本大人的書，亂翻。可樂也湊過來看，看著看著，他突然氣呼呼地游走了。我很奇怪，問他：「你為什麼生氣，你不喜歡看書了嗎？」

他很不高興地說，我正在看的書真讓人厭惡。他指給我看，原來是一個叫赫拉克利特的人，說，乾燥的靈魂才是高貴和智慧的，潮濕的靈魂很糟糕。

這話的確沒法讓魚兒高興，魚總是濕漉漉的，難道就不高貴，就很笨了嗎？不但魚，還有企鵝、泥鰍、海豚、青蛙、海帶、紫菜、基圍蝦……所有生活在水裡的生靈們，都不會喜歡赫拉克利特。最重要的是，這話會得罪鯊魚，所以我肯定，只要有機會，鯊魚一定會吃了赫拉克利特。不過，也許鯊魚不讀書。

我不希望赫拉克利特跟所有的水產品結仇，首先就要想辦法說服博學的、有見解的可樂，我解釋說，也許我們沒有正確地理解赫拉克利特，赫拉克利特關心的是靈魂，他說的是乾燥的靈魂和濕漉漉的靈魂。而我認為，濕漉漉的魚，也可以有乾燥的靈魂呀。

可樂不屑地說：「乾燥的靈魂都是焦枯的、生澀的，水靈靈的靈魂才美好。」

我覺得可樂說得相當有道理，水靈靈的靈魂的確比乾巴巴的靈魂好。而且，眼睛是心靈的窗戶，那水汪汪的眼睛，也比乾澀的眼睛好看。於是我把赫拉克利特的哲學書扔了，跟可樂和咖啡玩兒去了。

從那以後，我再也沒看過赫拉克利特的書，但是可樂還是不依不饒的，他給自己改了個名字，叫特利克拉赫，表示要跟赫拉克利特對著幹。可樂——不，特利克拉赫——不但博學，還是一條記仇的魚。

七層樓

媽媽買了套在七層樓上的公寓，她說，買第七層是因為有個叫特傻或者傻特的人，寫過一篇「愛蘿蔔」的文章[2]，也許不是「愛蘿蔔」，是「愛蘿蔔絲」，反正差不多是這樣的題目——多奇怪的題目。

那篇文章說，人的眼睛長在前面，所以只往前面看，當然有時也看左邊、右邊，更聰明一點的人，還知道看背後。但很少有人會抬頭看。所以，能夠從七層樓上看別人的人，會感到驕傲，因為自己不和別人在同一平面上。

我覺得特傻真的特傻，這有什麼可驕傲的？無論你在第幾層，都會和某些東西在一個平面上呀，不是人，那就是鳥了。常常有小鳥從我窗前過路，我不用抬頭

2 薩特的《艾羅斯特拉特》。

也不用低頭，正好就能看到他們，我對他們說「你好」，他們總是向我咧嘴一笑。

我喜歡站在窗前，等候自己的朋友。有時候，一片向上飛的葉子經過，向我揮揮手；有時候，夕陽摔了一跤，正好掉到我跟前；還有時候，月亮路過的時候，會敲敲我的窗戶。

這時候，我就覺得媽媽買第七層樓房真不錯，如果我住一樓，從窗前過的，就是行人和寵物狗，而不是飛鳥、樹葉、夕陽和月亮了。

窗前過的，還是鳥他們比較好一些。因為我不怕樹葉看到我的隱私。我上洗手間的時候可以把窗戶打開，洗澡的時候也打開。夕陽在窗外停了停，把我的小雞雞染紅後，就飛走了。他們見多識廣，一點也不大驚小怪。

從七層樓還可以看到別人家的屋頂。因為我家前面的那幢樓，正好六層。有一天晚上，月亮心情很好的樣子，而且好像發了財，扔了很多很多光亮下來。我看到一個人，一個人在對面的樓頂上走來走去，走來走去，走來又走去。後來，他坐在樓邊上，讓兩條腿搭下去。雙肘支在大腿上，雙手捧著臉，這樣坐了好久好久。我開始以為他在看下

面的人，後來又以為他睡著了，最後才知道，他只是在寂寞著。

現在我同意，七層樓是個不錯的位置，離地面不太遠又不太近，離天空也是不太遠又不太近。和飛鳥在一個平面，也和陌生人的寂寞在一個平面。

在我的七層樓的家裡，外公和婆婆在看電視，爸爸和媽媽坐在自己的電腦面前。我也很寂寞，但我要睡覺了。

外公駕到

外公一來，我們家就會變個樣子。

家裡所有的東西，開始都像散兵游勇，突然聽到一聲號角，它們就全都歸隊了，每樣東西都在它的位置上，立正！站崗！

我發現，房子是有表情的，它看到我們，總是一副懶洋洋、沒睡醒的樣子，外公一來，它就有了精神，而且乖乖的很聽話。外公拿起拖把，站在房子中間，像個大將軍。

可是外婆說，外公年輕的時候，家裡的東西見了他，也總是懶洋洋的。我明白了，家裡的東西怕年紀大的人。

161 我的家

媽媽的捲髮

有一天，媽媽回家的時候，變了一點樣子。
我問：「媽媽，你的頭髮是怎麼變成小圓圈捲的？」
媽媽說：「用一種藥水泡一泡，再用電燙一會兒。」
我說：「那頭髮不會痛嗎？」
媽媽說：「傻孩子，頭髮怎麼會痛呢？」
今天早上，我聽到媽媽在向爸爸訴苦，說她捲了髮之後，頭髮掉得可厲害了。
我想，頭髮要是知道痛就好了。它不痛，它只是死了。

老箱子

我新學了一個詞：一意孤行。我認定這個詞是專門為我們家的老木箱造的。

媽媽把我們的家佈置得像古代的中國，「像」的意思就是「不是」。定做傢俱時，媽媽總是吩咐，做舊一點！驗收傢俱時，她又會說：「這個花架的油漆看起來不夠『舊』，重『新』刷一次。」或者：「這個几案的式樣不『老』，重『新』做一個。」等等。

我們家就這樣，到處都是全新的舊傢俱。但木箱子不同，他是個真正的老傢伙，比外公的年齡還大。他是外公的外公在私塾裡教書時用的書箱，他的肚子裡曾經裝滿了線裝書，有一個專門的男僕挑著他，外公的外公走到哪，就跟到哪。

老箱子因為讀過很多書，當然就有點驕傲，但這種驕傲一點也不尖，不扎人，也不閃閃亮，是那種安安靜靜、平平穩穩的驕傲。他不管別的傢俱都是新的，也不管別的傢俱都是假的舊。不管別的傢俱怎麼樣，他都是那個樣子。站著，從不說話，也從不改變。他把古時候的氣味都冰凍在身上，把我們家的時間都拉彎了。

有一天，外公說：「這箱子放在這裡，怎麼看都有點不協調。」媽媽歪頭看了看，也覺得是，於是他們合力把箱子挪了一個地方。

過了幾天，爸爸說：「還是不協調，再換個地方吧。」於是又換個地方讓木箱站著。老箱子換了好幾個地方，但好像不管他在哪裡，都怪怪的。我真擔心別的傢俱嘲笑他，但木箱一點都不在乎，他不管別的傢俱都是新的，也不管別的傢俱都是假的舊，他就是站著，從不說話，也從不改變。

後來媽媽把木箱收了起來，用一塊漂亮的、但同樣老得不合時宜的紮染藍花棉布蓋著。大人們總是這樣的，他們的心裝不下的東西，他們的眼睛也裝不下。

然後大家就都把他忘了，傢俱們忘了他，家裡的人也忘了他。大人們總是這樣的，沒有放進他們眼睛裡的東西，他們就假裝人家不存在。

只有我有時去看看老木箱，揭開藍花布跟他說幾句話，我不怕媽媽罵我又翻騰弄得一身的灰。我告訴木箱我的故事，我把我的祕密講給他聽，也想聽他講外公的外公的故事。但木箱總是沉默的。只有一次，他說：「我肚子有點餓了。」我從家裡找了幾本書，放進他肚子裡，他就笑起來了。但他說，外公的外公那時候，是他吃得最好的時候。然後，他就再也不理睬我了。

我說了，這是一個驕傲的木箱。別看他又小，又老，他可是個強大的木箱，一個一意孤行的老傢伙。

後記

麵包片書和餅乾書

我的書本來是可以出版的。我問責任編輯千惠姐姐，能不能把書印在切片麵包上，一片麵包，一頁書。麵包還有不同的顏色和味道，比如講的是一個快樂的故事，就印在玉米味道的甜麵包片上，憂傷的故事印在灰暗的蕎麥麵包片上。孤獨的麵包片有一點苦味……這樣讀者不必看書的內容，就可以知道故事的類型，然後選擇自己喜歡的口味。

我希望自己寫的是快樂的書，讀者拿起一片麵包，看得哈哈大笑，胃口大開，大口大口地把那頁書吃了下去，再看第二片麵包。憂傷的故事要寫得慢一點，因為別人看了第一片麵包就難過得吃不下去了。

不過這樣有點問題，比如一個人，喜歡看憂傷的故事，卻喜歡吃甜麵包，那可怎麼辦呢？後來我想，這也沒關係，因為世界上肯定還有人，是喜歡看快樂的故事，卻喜歡吃蕎麥麵包的。這兩個人可以結婚，早上一起用餐，讀完了我的書後，交換了吃。如果很多人喜歡看我的書，也許就會出現這樣的徵婚啟示：徵集善良、幽默、有責任心、喜歡吃小秒針的奶油麵包的男子。

我把這麼多問題都想到了，可是千惠姐姐還是說：「不可以。」因為一片麵包上能印的字比一頁紙上的字要少，而麵包的保質期又太短了，我的書全印出來，足足有兩大箱麵包，誰能在一個星期內吃完兩箱麵包呢？除非加防腐劑。我說：「這可不行，加了防腐劑的麵包，怎麼都不好吃。」

我想了一個辦法：我可以不要一下子寫那麼多。我可以住在麵包房裡，每天早上寫兩片麵包。讀者熱烘烘地看了吃了，明天再來買新鮮的。新鮮的文字，新鮮的麵包。我甚至可以自己開一家小麵包店，自己寫、自己印、自己做麵包、自己賣。

可是千惠姐姐又說：「不同的人胃口相差很大的。」有的人一頓早餐只要兩片麵包，有的要六片。如果我只寫兩頁，吃六片麵包的人會覺得不過癮，而如果我每天寫六頁，吃兩片麵包的人怎麼辦呢？要麼少看四頁，要麼浪費四片麵包。如果一個家庭有三口人，每頓早餐吃八片麵包，另一個家庭有五口人，吃二十片麵包，那我可怎麼辦？

我沒法解決眾口難調的問題，只好放棄了這個美好的想法。但是又想到，我的書可以印在薄脆餅乾上，餅乾的保質期可以長很多，不是嗎？

可是薄脆餅乾很薄很脆，很容易碎。整天有人寫信或打電話，說，我的二十至二十三片餅乾碎了，請補寄到瑞光路76巷65號。或者，三十八頁左上角碎了，請補寄到……那食品印刷廠可真受不了。

千惠姐姐卻說：「可以在包裝上下功夫，減少震動和破碎。」她覺得這主意不錯，笑顏逐開起來。書印在餅乾上最大的好處是，如果一個人買了一本書，吃完了，以後他還想看這本書，就必須再買一桶餅乾，她可真貪心呀。

可是，我的薄脆餅乾書一直沒出版，因為文化部不同意。不同意的理由是，以前從來沒出過薄脆餅乾書，這樣的書應該歸衛生署管還是文化部管，他們搞不清楚。這個理由一點也不充分，因為餅乾和餅乾上印的字是兩碼事，可以由衛生署管餅乾，文化部管餅乾上的字。但文化部不願意跟衛生署管一桶餅乾，所以不同意出版。他們就是這樣不講道理的。因為這個原因，這本書就一直沒出版。

兒童文學05　PG1042

我的眼睛一睜開

作者／陳潔
責任編輯／林千惠
插圖繪製／李燕、薛寒冰
圖文排版／郭雅雯、詹凱倫
封面設計／秦禎翊
出版策劃／秀威少年
製作發行／秀威資訊科技股份有限公司
114 台北市內湖區瑞光路76巷65號1樓
電話：+886-2-2796-3638
傳真：+886-2-2796-1377
服務信箱：service@showwe.com.tw
http://www.showwe.com.tw

郵政劃撥／19563868
戶名：秀威資訊科技股份有限公司
展售門市／國家書店【松江門市】
104 台北市中山區松江路209號1樓
電話：+886-2-2518-0207
傳真：+886-2-2518-0778

網路訂購／秀威網路書店：http://www.bodbooks.com.tw
國家網路書店：http://www.govbooks.com.tw
法律顧問／毛國樑　律師

總經銷／聯寶國際文化事業有限公司
221新北市汐止區康寧街169巷27號8樓
電話：+886-2-2695-4083
傳真：+886-2-2695-4087

出版日期／2013年12月　BOD一版　**定價**／310元
ISBN／978-986-89521-5-7

秀威少年
SHOWWE YOUNG

國家圖書館出版品預行編目

我的眼睛一睜開 / 陳潔著. -- 一版. -- 臺北市 : 秀威少
年, 2013. 12
面；　公分
ISBN 978-986-89521-5-7 (平裝)

859.6　　　　　　　　　　　　102020919

讀者回函卡

感謝您購買本書，為提升服務品質，請填妥以下資料，將讀者回函卡直接寄回或傳真本公司，收到您的寶貴意見後，我們會收藏記錄及檢討，謝謝！如您需要了解本公司最新出版書目、購書優惠或企劃活動，歡迎您上網查詢或下載相關資料：http:// www.showwe.com.tw

您購買的書名：____________________

出生日期：________年________月________日

學歷：□高中(含)以下　□大專　□研究所(含)以上

職業：□製造業　□金融業　□資訊業　□軍警　□傳播業　□自由業

□服務業　□公務員　□教職　□學生　□家管　□其它____

購書地點：□網路書店　□實體書店　□書展　□郵購　□贈閱　□其他

您從何得知本書的消息？

□網路書店　□實體書店　□網路搜尋　□電子報　□書訊　□雜誌

□傳播媒體　□親友推薦　□網站推薦　□部落格　□其他________

您對本書的評價：(請填代號　1.非常滿意　2.滿意　3.尚可　4.再改進)

封面設計____　版面編排____　內容____　文／譯筆____　價格____

讀完書後您覺得：

□很有收穫　□有收穫　□收穫不多　□沒收穫

對我們的建議：____________________

____

____

____

請貼
郵票

11466
台北市內湖區瑞光路 76 巷 65 號 1 樓

秀威資訊科技股份有限公司 收

BOD 數位出版事業部

……………………………………………………………………

（請沿線對折寄回，謝謝！）

姓　　名：＿＿＿＿＿＿＿＿　年齡：＿＿＿＿　性別：□女　□男

郵遞區號：□□□□□

地　　址：＿＿＿＿＿＿＿＿＿＿＿＿＿＿＿＿

聯絡電話：（日）＿＿＿＿＿＿＿＿（夜）＿＿＿＿＿＿＿＿

E-mail：＿＿＿＿＿＿＿＿＿＿＿＿＿＿＿＿